歷代全集叢刊／張印棟主編

歐陽文忠公全集十八種附一種

（第十册）

（宋）歐陽修 撰

河南人民出版社

詩話一卷　　歐陽文忠公集一百二十八

居士退居汝陰而集以資閑談一作話也

李文正公進永昌陵挽歌辭云奠玉五回朝上帝御樓三度納降王當時羣臣皆進而公詩最爲首出所謂三降王者廣南劉鋹西蜀孟昶及江南李後主是也若五朝上帝則誤矣太祖建隆盡四年明年初郊改元乾德至六年再郊改元開寶開寶五年又郊而不改元九年已平江南四月大雩告謝于西京蓋執玉祀天者實四也李公當時人必不繆乃傳者誤云五二字一作之耳

仁宗朝有數達官以詩知名常慕白樂天體故其語多得於容易嘗有一聯云有祿肥妻子無恩及吏民有戲之者云昨日通衢遇一輜軿車載極重而羸牛甚苦豈非足下肥妻子乎聞者傳以爲笑

京師輦轂之下風物繁富而士大夫牽於事役良辰美景罕或（一作獲）宴遊之樂其詩至有賣花擔上看桃李拍酒樓頭（一作前）聽管絃之句西京應天禪院有祖宗神御殿蓋（一作寺）在水北去河南府十餘里歲時朝拜官吏常苦晨興而留守達官簡貴每朝罷公酒三行不交一言而退故其詩曰正夢寐中行十里不言語

處喫一作飲三杯其語雖淺近皆兩京之實事也

梅聖俞嘗於范希文席上賦河豚魚詩云春洲生荻芽春岸飛楊花河豚當是二字一作於此時貴不數魚鰕一有其狀已可怪其毒亦莫加忿腹若封豕怒目猶吳蛙庖煎苟失所入喉爲鏌鋣若此喪軀體何須資齒牙持問南方人黨護復矜誇皆言美無度誰謂死如麻我語不能屈自思空咄嗟退之來潮陽始憚餐籠蛇子厚居柳州而甘食蝦蟆二物雖可憎性命無舛差斯言一作味曾不比中藏禍無涯甚美惡亦稱此言誠可嘉河豚常出於春暮羣遊水上食絮而肥南人多與荻芽一作筍爲羹云最美故知詩者謂祇破題兩句已道盡河豚好處聖俞平生苦於吟詠以閑遠古淡爲意故其構思極艱此詩作於樽俎之間筆力雄贍頃刻

而成遂爲絕唱

蘇子瞻學士蜀人也嘗於淯井監得西南夷人所賣蠻布弓衣其文織成梅聖俞春雪詩一有朔風三日暗吹沙蛟龍卷起噴成花花飛萬里奪曉月白石爛堆愁女媧大明廣庭踏朝賀雉尾不掃粘宮靴宮中才人承聖顏捧觴稱壽呼南山三公免責百姓喜斗酒十千誰復慳此詩在聖俞集中未爲絕唱蓋其名重天下一篇一詠傳落夷狄而異域之人貴重之如此耳子瞻以余尤知聖俞者得之因以見遺余家舊畜琴一張乃寶曆三年雷會所斲距今二百五十年矣其聲清越如擊金石遂以此布更爲琴囊二物真余家之寶玩也

吳僧贊寧國初爲僧録頗讀儒書博覽强記亦自能撰述而辭辯縱横人莫能屈時有安鴻漸者文詞儁敏尤好嘲詠嘗街行遇贊寧與數僧相隨鴻漸指而嘲曰鄭都官不愛之徒時時作隊贊寧應聲答曰秦始皇未坑之輩往往成羣時皆善其捷對鴻漸所道乃鄭谷詩云愛僧不愛紫衣僧也

鄭谷詩名盛於唐末號雲臺編而世俗但稱其官爲鄭都官詩其詩極有意思亦多佳句但其格不甚高以其易曉人家多以教小兒余爲兒時猶誦之今其集不行於世矣梅聖俞晚年官亦至都官一日會飲

余家劉原父戲之曰聖俞官必止於此坐客皆驚原父曰昔有鄭都官今有梅都官也聖俞頗不樂未幾聖俞病卒余爲序其詩爲宛陵集而今人但謂之梅都官詩一言之謔後遂果然斯可歎也

陳舍人（從易）當時文方盛之際獨以醇儒古學見稱其詩多類白樂天蓋自楊劉唱和西崑集行後進學者爭效之風雅一（一作之）變謂之崑體繇是唐賢諸詩集幾廢而不行陳公時偶得杜集舊本文多脱誤至送蔡都尉詩云身輕一鳥其下脱一字陳公因與數客各用一字補之或云疾或云落或云起或云下莫

能定其後得一善本乃是身輕一鳥過陳公嘆服以爲雖一字諸君亦不能到也

國朝浮圖以詩名于世者九人故時有集號九僧詩今不復傳矣余少時聞人多稱其一曰惠崇餘八人者忘其名字也余亦略記其詩有云馬放降來地鵰盤戰後雲又云春生桂嶺外人在海門西其佳句多類此其集已（一作既）亡今人多不知有所謂九僧者矣是可嘆也當時有進士許洞者善爲辭章俊逸之士也因會（一作命）諸詩僧分題出一紙約曰不得犯此一字其字乃山水風雲竹石花草雪霜星月（一作日）禽鳥

之類於是諸僧皆閣筆洞咸平三年進士及第時無
名子嘲曰張康渾裹馬許洞鬧裝妻者是也
孟郊賈島皆以詩窮至死而平生尤自喜爲窮苦之
句一作辭 孟有移居詩云借車載家具家具少於車乃
是都無一物耳又謝人惠炭云暖得曲身成直身人
謂非其身備嘗之不能道此句也賈云鬢邊雖有絲
不堪織寒衣就令織得二字一作堪織能一作所得幾何又其
朝飢詩云坐聞西牀琴凍折兩三絃人謂其不止忍
飢而已其寒亦何可忍也
唐之晚年詩人無復李杜豪放之格然亦務以精意

相高如周朴者構思尤艱每有所得必極其雕琢故時人稱朴詩月鍛季煉未及成篇已播人口其名重當時如此而今不復傳矣余少時猶見其集其句有云風暖鳥聲碎日高花影重又云曉一作晚來山鳥鬧雨過杏花稀誠佳句也

聖俞嘗語予曰詩家雖率一作主意而造語亦難若意新語工得前人所未道者斯爲善也必能狀難寫之景如在目前含不盡之意見於言外然後爲至矣賈島云竹籠拾山果瓦缾擔石泉姚合云馬隨山鹿放雞逐野禽棲等是山邑荒僻官況蕭條不如縣古槐

根出官清馬骨高爲工也余曰語之工者固如是狀難寫之景含不盡之意何詩爲然聖俞曰作者得於心覽者會以意殆難指陳以言也雖然亦可略道其髣髴若嚴維柳塘春水慢花塢夕陽遲則天容時一作物態融和駘蕩豈不如在目前乎又若温庭筠雞聲茅店月人迹板橋霜賈島怪禽啼曠野落日恐行人則道路辛苦羈愁旅思豈不見於言外乎

聖俞子美齊名於一時而二家詩體特異子美筆力豪雋以超邁橫絶爲奇聖俞覃思精微以深遠閒淡爲意各極其長雖善論者不能優劣也余嘗於水谷

夜行詩略道其一二云子美氣尤雄萬竅號一噫有時肆顛狂醉墨灑滂霈譬如千里馬已發不可殺盈前盡珠璣一一難柬汰梅翁事清切（一作句）石齒漱寒瀨作詩三十年視我猶後輩文辭愈精（一作清）新心意雖老大有如妖韶女老自有餘態近詩尤古（一作若）硬咀嚼若（一作且）難嘬又如食橄欖真味久愈在蘇豪以氣轢舉世徒驚駭梅窮獨我知古貨今難賣語雖非工謂粗得其髣髴然不能優劣之也

呂文穆公未第時薄（或作嘗）遊一縣（忘其縣名）胡大監（旦）方隨其父宰是邑遇呂甚薄客有譽呂（二字一作諭胡）曰呂君

工於詩宜少加禮胡問詩之警句客舉一篇其卒章云挑盡寒燈夢不成胡笑曰乃是一渴（俗語轉音謚）睡漢爾呂聞之甚恨而去明年首中甲科使人寄聲語胡曰渴睡漢狀元及第矣胡答曰待我明年第二人及第輸君一籌既而次牓亦中首選

聖俞嘗云詩句義理雖通語涉淺俗而可笑者亦其病也如有贈漁父一聯云眼前不見市朝事耳畔惟聞風水聲說者云患肝腎風（四字一作此漁父肝藏熱而腎藏虛也）又有詠詩者云（一無此六字）盡日覓不得有時還自來本謂詩之好句難得爾而說者云此是人家失却猫兒詩

人皆以爲笑也

王建宮詞一百首多言唐宮禁中事皆史傳小說所不載者往往見於其詩如内（一作雨）中數日無呼喚傳得滕王蛺蝶圖滕王元嬰高祖子新舊唐書皆不著其所能惟名畫録略言其善畫亦不云其工蛺蝶也又畫斷云工於蛺蝶及見於建詩爾或聞今人家亦有得其圖者唐世一藝之善如公孫大娘舞劒器曹剛彈琵琶米嘉榮歌皆見於唐賢詩句遂知名於後世當時山林田畝潛德隱行君子不聞於世者多矣而賤工末藝得所附託乃垂於不朽蓋其各有幸不

幸也

李白戲杜甫云借問別來太瘦生總爲從前（一作來）作詩苦太瘦生唐人語也至今猶以生爲語助如作麼生何似生之類是也陶尚書穀嘗曰尖簷帽子卑凡厮短靿靴兒末厥兵末厥亦當時語余天聖景祐間已聞此句時去陶公尚未遠人皆莫曉其義王原叔博學多聞見稱於世最爲多識前言者亦云不知爲何說也第記之必有知者耳

詩人貪求好句而理有不通亦語病也如袖中諫草朝天去頭上宮花侍燕歸誠爲佳句矣但進諫必以

章疏無直用槀草之理。唐人有云：「姑蘇臺下寒山寺，半夜鐘聲到客船。」說者亦云：句則佳矣，其如三更不是打（一作撞）鐘時。如賈島哭僧云「寫留行道影，焚却坐禪身」，時謂燒殺活和尚，此尤可笑也。若「步隨青山影，坐學白塔骨」，又「獨行潭底影，數息樹邊身」，皆島詩，何精麤頓（一無此字）異也！

松江新作長橋，制度宏麗，前世所未有。蘇子美新橋對月詩所謂「雲頭灧灧開金餅，水面沈沈卧彩（一作綵）虹」者是也。時謂此橋非此句雄偉不能稱也。子美兄舜元，字才翁，詩亦遒勁多佳句，而世獨罕傳。其與子

美紫閣寺聯句無媿韓孟也恨不得盡見之耳

晏元獻公文章擅天下尤善（一作喜）爲詩而多稱引後進一時名士往往出其門聖俞平生所作詩多矣然公獨愛其兩聯云寒魚猶著底白鷺已飛前又絮暖鮆魚繁豉添蓴菜（一作線）紫余嘗於聖俞家見公自書手簡再三稱賞此二（一作兩）聯余疑而問之聖俞曰此非我之極致豈公偶自得意於其間乎乃知自古文士不獨知己難得而知人亦難也

楊大年與錢劉數公唱和自西崑集出時人爭效之詩體一變而先生老（一作老先生）輩患其多用故事至於

語僻難曉，殊不知自是學者之弊。如子儀（一作大年）新蟬云：「風來玉宇烏先轉（一作覺），露下金莖鶴未知。」雖用故事，何害爲佳句也。又如（一有大年二字）「峭帆橫渡官橋柳，疊鼓驚飛海岸鷗。」其不用故事，又豈不佳乎？蓋其雄文博學，筆力有餘，故無施而不可，非如前世號詩人者，區區於風雲（一作雪）草木之類，爲許洞所困者也。

西洛故都，荒臺廢沼，遺迹依然，見於詩者多矣。惟錢文僖公一聯最爲警絶，云：「日上故陵煙漠漠，春歸空苑水潺潺。」裴晉公緑野堂在午橋南，往時嘗屬張僕射齊賢家。僕射罷相歸洛（一作終），日與賓客吟宴於其間惟鄭工部文寶一聯最爲警絶云水暖鳧鷖行哺子溪深桃李卧開花人謂不減王維杜甫也錢詩好句尤多而鄭句不惟當時人莫及雖其集中自及此者亦少

閩人有謝伯初者字景山當天聖景祐之間以詩知名余謫夷陵時景山方爲許州法曹以長韻見寄頗多佳句有云長官衫色江波緑學士文華蜀錦張余答云參軍春思亂如雲白髮題詩愁送春蓋景山詩有多情未老已一作先白髮三字一作頭先白野思到春如亂雲之句故余以此戲之也景山詩頗多如自種黄花

添野景旋移高竹聽秋聲園林换葉梅初熟池館無人燕學飛之類皆無媿於唐賢而仕宦不偶終以一作於困窮而卒其詩今已不見於世其家亦流落不知所在其寄余詩殆今三十五年矣余猶能誦之蓋其人不幸既可哀其詩淪棄亦可惜因録於此詩曰江流無險似瞿唐灩澦猿聲斷旅一作盡腸萬里可堪人謫宦經年應合鬢成霜長官衫色江波緑學士文華蜀錦張異域化爲儒雅俗遠民爭識校讎郎才如夢得多爲累情似安仁久悼亡下國難留金馬客新詩傳與竹枝娘典辭懸待修青史諫草當來集阜囊莫爲

明時暫遷謫便將纓足濯滄浪

石曼卿自少以詩酒豪放自得其氣貌偉然詩格奇峭又工於書筆畫遒勁體兼顏柳爲世所珍（一作好）余家嘗得南唐後主澄心堂紙曼卿爲余以此紙書其籌筆驛詩詩曼卿平生所自愛者至今藏之號爲三絶真余家寶也曼卿卒後其故人有見之者云恍惚如夢中言我今爲鬼仙也所主芙蓉城欲呼故人往遊不得忿然騎一素（一作青）騾去如飛其後又云降於亳州一舉子家又呼（一有其字）舉子去不得因留詩一篇與之余亦略記其一聯云鶯聲不逐春光老花影長

隨日脚流神（一作鬼）仙事怪不可知其詩頗類曼卿平生語舉子不能道也王建霓裳詞云弟子部（一作歌）中留一色聽風聽水作霓裳霓裳（一有羽衣二字）曲今教坊尚能作其聲其舞則廢而不傳矣人間又有望瀛府獻仙音二曲云此其遺聲也霓裳曲前世傳記論說頗詳不知聽風聽水爲何事也白樂天有霓裳歌甚詳亦無風水之說第記之或有遺亡（四字一作必有知）者爾

龍圖趙學士（師民）以醇儒碩學名重當時爲人沉厚端默羣居終日似不能言而於文章之外詩思尤精如麥天晨氣潤槐夏午陰清前世名流皆所未到也

又如曉鶯林外千聲囀芳草堦前一尺長殆不類其為人矣

退之筆力無施不可而嘗以詩為文章末事故其詩曰多情懷酒伴餘事作詩人也然其資一作發談笑助諧謔敘人情狀物態一寓於詩而曲盡其妙此在雄文大手固不足論而予獨愛其工於用韻也蓋其得韻寬則波瀾橫溢泛入傍韻乍還乍離一作乍去乍还出入回合殆不可拘以常格如此曰足可惜之類是也得韻窄則不復傍出而因難見巧愈險愈奇如病中贈張十八之類是也余嘗與聖俞論此以謂譬如一作夫

善馭良馬者通衢廣陌縱横馳逐惟意所之至於水曲蟻封疾徐一有彌字中節而不少蹉跌乃天下之至工也聖俞戲曰前史言退之為人木強若寬韻可自足而輒傍出窄韻難獨用而反不出豈非其拗強而然歟坐客皆為之笑也

自科場用賦取人進士不復留意於詩故絶無可稱者惟天聖二年省試采侯詩宋尚書祁最擅場其句有色映堋雲爛聲迎羽月遲一作馳尤為京師傳誦當時舉子目公為宋采侯

詩話卷終

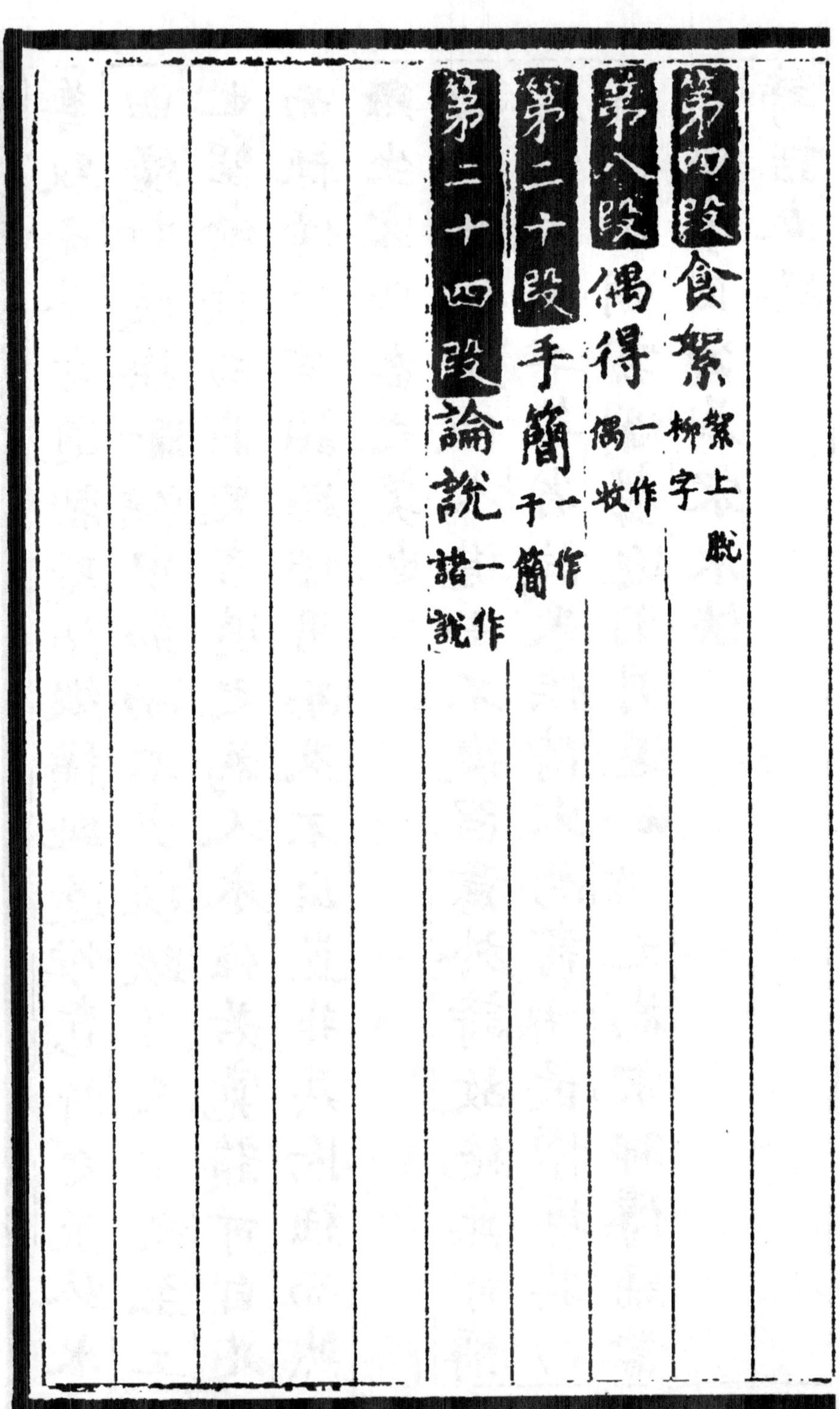

第四段 食絜 絜上脱柳字

第八段 偶得 一作偶收

第二十段 手簡 一作手簡

第二十四段 論説 一作諸説

老氏說

前後之相隨長短之相形推而廣之萬物之理皆然也不必更言其餘然老子爲書比其餘諸子已爲簡要也其於曇見人情尤爲精爾非莊周慎到之倫可擬其言雖若虛無而於治人之術至矣

富貴貧賤說

貧賤常思富貴富貴必履危機此古人之所嘆也惟不思而得既得而不患失之者其庶幾乎富貴易安而患於難守貧賤難處而患於易奪居富貴而能守

者周公也在貧賤而能久者顔回也然爲顔回者易爲周公者難也君子小人之用心常異趣於此見之小人莫不欲富貴而不知所以守是趣禍罪而惟恐不及也君子莫不安於貧賤爲（此一字无）小人者不閔則笑是閔笑人之不捨其所樂而趨於禍罪也其爲大趣相反如此（四字一作如此之反）則其所爲不得不事事異也故與小人共事者難於和同凡事不和同則不濟古之君子有用權以合正者爲至難也若其（有一作事）君之忠主於誠信有欲濟其事顧不害其正亦有用權之助者此可以理得難以言傳孔子所以置而不論

也推誠以接物有害其身者仁人不悔也所謂殺身以成仁然其所濟者遠矣非常情之可企至也

鍾莛説

甲問於乙曰鑄銅爲鍾削木爲莛以莛叩鍾則鏗然而鳴然則聲在木乎在銅乎乙曰以莛叩垣墻則不鳴叩鍾則鳴是聲在銅甲曰以莛叩錢積則不鳴聲果在銅乎乙曰錢積實鍾（一有則字）虛中是聲在虛器之中甲曰以木若泥爲鍾則無聲声果在虛器之中乎

駟不及舌説

俗云一言出口駟馬難追論語所謂駟不及舌也若

較其理即俗謗為是然則泥古之士學者患之也

學書靜中至樂說

有暇即學書非以求藝之精直勝勞心於他事爾以此知不寓心於物者真所謂至人也寓於有益者君子也寓於伐性汨情而為害者愚惑之人也學書不能不勞獨不害情性耳要得靜中之樂者惟此耳

夏日學書說

夏日之長飽食難過不自知愧但思所以寓心而銷晝暑者惟據案作字殊不為勞當其揮翰若飛手不能止雖驚雷疾霆雨雹交下有不暇顧也古人流愛

信有之矣字未至於工尚已如此使其樂之不厭未有不至於工者使其遂至於工可以樂而不厭不必取悦當時之人垂名於後世要於自適而已嘉祐七年正月九日補空

學書自成家說

學書當自成一家之體（六字一作自家成一體）其模倣他人謂之奴書安昌侯張禹曰書必博見然後識其眞僞余實見書之未博者廬陵歐陽脩嘉祐三年十一月冬至日

李白杜甫詩優劣說

落日欲沒峴山西倒着接籬花下迷襄陽小兒齊拍手大家爭唱白銅鞮此常言也至於清風明月不用一錢買玉山自倒非人推然後見其横放其所以警動千古者固不在此也杜甫於白得其一節而精强過之至於天才自放非甫可到也

薛道衡王維詩說

空梁落鷰泥未爲絶警而楊廣不與薛道衡解仇於泉下豈荒煬所趣止於此耶大風飛雲信是英雄之語也若漠漠水田飛白鷺陰陰夏木轉黄鸝終非已有又何必區區於竊攘哉

峽州詩說

春風疑不到天涯二月山城未見花若無下句則上句何堪既見下句則上句頗工文意難評蓋如此也

辨甘菊說

本草所載菊花者世所謂甘菊俗又謂之家菊其苗澤美味甘香可食令市人所賣菊苗其味苦烈迺是野菊其實蒿艾之類強名爲菊爾家菊性涼野菊性熱食者宜辨之余近來求得家菊植於西齋之前遂作詩云明年食菊知誰在自向欄邊種數叢余有思去之心久矣不覺發於斯

博物説

蟪蛄是何棄物草木蟲魚詩家自爲一學博物尤難然非學者本務以其多不專意所通者少苟有一焉遂以名世當漢晉武帝有東方朔張華皆博物

道無常名説

道無常名所以尊於萬物君有常道所以尊於四海然則無常以應物爲功有常以執道爲本達有無之至理適用捨之深機諸之難以言窮推之不以迹見

物有常理説

凡物有常理而推之不可知者聖人之所不言也磁

石引針蝍蛆甘帶松化虎魄

世人作肥字說

世之人有喜作肥字者，正如厚皮饅頭，食之未必不佳，而視其為狀，已可知其俗物。字法中絕將五十年，近日稍稍知以字書為貴，而追跡前賢未有三數人。古之人皆能書，獨其人之賢者傳遂遠，然後世不推此，但務於書，不知前日工書隨與紙墨泯棄者不可勝數也。使顏公書雖不佳，後世見者必寶也。楊凝式以直言諫其父，其節見於艱危；李建中清慎溫雅，愛其書者兼取其為人也。豈有其實，然後存之久耶？非

自古賢哲必能書也惟賢者能存爾其餘泯泯不復見爾

轉筆在熟説

昨日王靖言轉筆誠是難事其如是對以熟豈不爲名理之言哉往時陳堯咨以射藝自高嘗射於家圃有一賣油里翁釋擔而看射多中陳問爾知射乎吾射精乎翁對曰無他能但手熟耳陳忿然曰汝何敢輕吾射翁曰不然以吾酌油可知也乃取一胡盧設於地上置一錢以杓酌油瀝錢眼中入胡盧錢不濕曰此無他亦熟耳陳笑而釋之

李晸筆說

余書惟用李晸筆雖諸葛高許頌皆不如意晸非金石安知其不先朝露以填溝壑然則遂當絕筆此理之不然也夫人性易習當使無所偏係乃爲通理適得聖俞所和試筆詩尤爲精當余嘗爲原甫說聖俞壓韻不似和詩原甫大以爲知言然此無它惟熟而已蔡君謨性喜書多學是以難精古人各自爲書用法同而爲字異然後能名於後世若夫求悅俗以取媚茲豈復有天真耶唐所謂歐虞褚陸[illegible]至於顏柳皆自名家蓋各因其性則爲之亦不爲難矣嘉祐四

年夏納涼於庭中學書盈紙以付發

峽州河中紙説

夷陵紙不甚精然最耐久余爲縣令時有孫文德者本三司人吏也甞勸余多藏峽紙云其在省中見天下帳籍惟峽州不朽損信爲然也今河中府紙惟供公家及館閣寫官書爾

誨學説

玉不琢不成器人不學不知道然玉之爲物有不變之常德雖不琢以爲器而猶不害爲玉也人之性因物則遷不學則捨君子而爲小人可不念哉付奕

筆說卷終

李聶筆說引歐虞褚陸參考周越古今法書苑及諸人所論知陸名柬之虞世南甥亦學其書品在中上別有薛純學歐書又有薛稷皆非其比世或稱歐虞褚薛故爲之辨

試筆一卷　　歐陽文忠公集一百三十

南唐硯

其此一硯用之二十年矣當南唐有國時於歙州置硯務選工之善者命以九品之服月有俸廩之給號硯務官歲爲官造硯有數其硯四方而平淺者南唐官硯也其石尤精製作亦不類今工之侈窳此硯得自今王舍人原叔原叔家不識爲佳硯也兒子輩棄置之予始得之亦不知爲南唐物也有江南人年老者見之悽一作凄然曰此故國之物也因具道其所以然遂始寶惜之其貶夷陵也折其一角

宣筆

宣筆初不可用往時聖俞屢以爲患尋復爲人乞去今得此甚可用遂深藏之

琴枕說

介甫嘗言夏月晝睡方枕爲佳問其何理云睡久氣蒸枕熱則轉一方冷處然則真知睡者耶余謂夜彈琴唯石暉爲佳蓋金蚌瑟瑟之類皆有光色燈燭照之則炫燿非老翁夜視所宜白石照之無光唯目昏者爲便介甫知睡真嬾者余知琴暉直以老而目暗耳是皆可咲余家石暉琴得之二十年昨因患兩手

中指拘攣醫者言唯數運動以導其氣之滞者謂唯彈琴爲可亦尋理得十餘年已忘諸曲物理損益相因固不能窮至於如此老莊之徒多寓物以盡人情信有以也哉

鑒畫

蕭條淡泊此難畫之意畫者得之覽者未必識也故飛走遲速意淺之物易見而閑和嚴静趣遠之心難形若乃高下嚮背遠近重複此畫工之藝爾非精鑒者之事也不知此論爲是不余非知畫者强爲之説但恐未必然也然世謂好畫者亦未必能知此也此

字不乃傷俗耶一作然自謂好畫者未必能知此也

學書爲樂

蘇子美嘗言明窻淨几筆硯紙墨皆極精良亦自是人生一樂然能得此樂者甚稀其不爲外物移其好者又特稀也余晚知此趣恨字體不工不能到古人佳處若以爲樂則自足有餘

學書消日

自少所喜事多矣中年已來漸以廢去或厭而不爲或好之未厭力有不能而止者其愈久益深而尤不厭者書也至於學字爲於不倦時往往可以消日乃

知昔賢留意于此不爲無意也

學書作故事

學書勿浪書事有可記者它時便爲故事

學真草書

自此已後隻日學草書雙日學真書真書兼行草書兼楷十年不勸當得書名然虚名已得而真氣耗矣萬事一作物莫不皆然有以寓其意不知身之爲勞也有以樂其心不知物之爲累也然則自古無不累心之物而有爲物所樂之心

學書費紙

學書費紙猶勝飲酒費錢曩時嘗見王文康公戒其子弟云吾平生不以全幅紙作封皮文康太原人世以晉人喜嗇資談笑信有是哉吾年向老亦不欲多耗用物誠未足以有益於人然衰年志思不壯於事少能快然亦其理耳

學書工拙

每書字嘗自嫌其不佳而見者或稱其可取嘗有初不自喜隔數日視之頗若稍可愛者然此初欲寓其心以銷日何用較其工拙而區區於此遂成一役之勞豈非人心蔽於好勝耶

作字要熟

作字要熟熟則神氣完實而有餘於靜坐中自是一樂事然患少暇豈其於樂處常不足耶

用筆之法

蘇子美嘗言用筆之法此乃柳公權之法也亦嘗較之斜正之間便分工拙能知此及虚腕則羲獻之書可以意得也因知萬事皆有法楊子云斷木爲棋刓革爲鞠亦皆有法豈正得此也

蘇子美論書

蘇子美喜論用筆而書字不迨其所論豈其力不副

其心邪然萬事以心爲本未有心至而力不能者余獨以爲不然此所謂非知之難而行之難者也古之人不虛勞其心力故其學精而無不至蓋方其幼也未有所爲時專其力於學書及其漸長則其所（一無此字）學漸近於用令人不然多學書於晚年所以與古不同也

秋霖不止文書頗稀叢竹蕭蕭似聽愁滴顔見案上故紙數幅信筆學書樞密院東廳

蘇子美蔡君謨書

自蘇子美死後遂覺筆法中絶近年君謨獨步當世

然謙讓不肯主盟往年予嘗戲謂君謨學書如泝急流用盡氣力不離故處君謨頗笑以爲能取譬今思此語已二此一字無十餘年竟如何哉

李邕書

余始得李邕書不甚好之然疑邕以書自名必有深趣及看之久遂謂他書少及者得之最晚好之尤篤譬猶結交其始也難則其合也必久余雖因邕書得筆法然爲字絶不相類豈得其意而忘其形者邪因見邕書追求鍾王以來字法皆可以通然邕書未必獨然凡學書者得其一可以通其餘余偶從邕書而

得之耳嘉祐五年春分日雪中西窻（一作齋）信筆

風法華

往時有風法華者偶然至人家見筆便書初無倫理久而禍福或應豈非好怪之士爲之遷就其事耶余每見筆輒書故江鄰幾比余爲風法華

九僧詩

近世（一作時）有九僧詩極有好句然今人家多不傳如馬放降來地鵰盤戰後雲春生桂嶺外人在海門西今之文士未能有此句也（詳載詩話）

弔僧詩

謝希深嘗誦哭僧詩云燒痕詩碑（一作入）集海角寺留眞謂此人作詩不求好句只求好意余以謂意好句亦好矣賈島有哭僧詩云寫留行道影焚却坐禪身唐人謂燒却活和尚此句之大病也（與詩話所載略同）

郊島詩窮

唐之詩人類多窮士孟郊賈島之徒尤能刻篆（一作琢）窮苦之言以自喜或問二子其窮孰甚曰閬仙甚也何以知之曰以其詩見之郊曰種稻耕白水負薪斫青山島云市中有樵山我舍朝無煙井底有甘泉釜中乃空然蓋孟氏薪米自足而島家柴水俱無此誠

可嘆（一作笑）然二子名稱高於當世其餘林翁處士用意精到若往往有之若雞聲茅店月人迹板橋霜則羇孤行旅流離辛苦之態見於數字之中至於野塘春水慢花塢夕陽遲則春物融怡人情和暢又有言不能盡之意茲亦精意刻琢之所得者耶

謝希深論詩

往在洛時嘗見謝希深誦（一有曰字）（一作云）縣古槐根出官清馬骨高又見晏丞相常愛笙歌歸院落燈火下樓臺希深曰清苦之意在言外而見於言中晏公曰世傳寇萊公詩云老覺腰金重慵便枕玉涼以爲富貴

此特窮相者爾能道富貴之盛則莫如前言亦與希深所評者類爾二公皆有情味而善（喜一作）爲篇詠者其論如此（歸田録亦及此）

温庭筠嚴維詩

余嘗愛唐人詩云鷄聲茅店月人迹板橋霜則天寒歲暮風凄木落羇旅之愁如身履之至其曰野塘春水慢花塢夕陽遲則風酣日煦萬物駘（佚一作）蕩天人之意相與融怡讀之便覺欣然感發謂此四句可以坐變寒暑詩之爲巧猶畫工小筆爾以此知文章與造化爭巧可也（詳載詩話）

作詩須多誦古今詩

作詩須多誦古今人詩不獨詩爾其他（一作餘）文字皆（一作盡然）

漢人善以文言道時事

漢之文士善以文言道時事質而不俚茲所以爲難

蘇氏四六

往時作四六者多用古人語及廣引故事以衒（二字一作自以爲）博學而不思述事不暢近時文章變體如蘇氏父子以四六述敘委曲精盡不減古人（一作文）自學者變格爲文迨（一作迄）今三十年始得斯人不惟遲久而

後獲實恐此後未有能繼者爾自古異人間出前後參差不相待余老矣乃及見之豈不爲幸哉

王濟識張齊賢

張齊賢形体魁肥飲食兼数人然其爲相甞有边功國朝宰相惟宋琪與齊賢知边事然其常與王濟不相能濟剛峭之士也其後齊賢罷相歸洛陽買得午橋裴晋公緑野堂營爲别墅一日濟自洛至京師公卿間有問及齊賢午橋别墅者濟忿然曰昔爲緑野堂今作屠兒墓園矣聞者皆笑

晦明説

藏精於晦則明，養神以（一作於）靜則安。晦所以畜用，靜所以應動。善畜者不竭，善應者無窮。此君子修身治人之術，然性近者得之易也。付渠

廉耻說

廉耻，士君子之大節，罕能自守者，利欲勝（一作牽）之耳。物有為其所勝，雖善守者或牽而去。故孟子謂勇過賁育者，誠（一作信）有旨哉。君子之道，闇然而日彰；而今人求速譽，遂得速毀，以自損者，理之當然（一有也字）。

繫辭說

書不盡言，言不盡意，然自古聖賢之意萬古得以推

而求之者豈非言之傳歟聖人之意所以存者得非書乎然則一無此字書不盡言之煩而盡其要言不盡意之委曲而盡其理謂書不盡言言不盡意者非深明之論也予謂繫辭非聖人之作初若可駭余為此論迨今二十五年矣稍稍以余言為然也六經之傳天地之久其為二十五年者將無窮而不可以數計也予之言久當見信於人矣何必汲汲較是非於一世哉

論樂說

清濁二聲一作音為樂之本而今自以為知樂者猶未

能達此安得言其細微之旨

六經簡要説

妙論精言不以多爲貴而人非聰明不能達其義余嘗聽人讀佛書其數十萬言謂可數談（一作言）而盡而溺其説者以謂欲曉愚下人故如此爾然則六經簡要愚下（一有人字）獨不得曉耶

余家多文忠公書然比其没余於簏中得十數帖耳今劉君乃能致此非篤好之不能也元豐二年正月初吉蘇轍子由題

此數十紙皆文忠公銜口而得信手而成初不

加意者也其文采字畫皆有自然絶人之姿信
天下之奇蹟也元祐四年九月十九日蘇軾書

試筆卷終

晦明說然性近者宣和建本雪堂先生文集載公此說然作准

樂語　長短句

聖節五方老人祝壽文

東方老人

但某太山老叟，東海真仙。有一字。溜穿石而曾究初終，有一五字。松避雨而備知歲月。羲氏定三百六日，嘗守寅賓之官；夷吾紀七十二君，盡覩登封之事。遇安期而遺棗，笑方朔之偷桃。風入律而來自巖前，斗指春而光臨洞口。昔漢武帝嘗懷三島之勝遊，有羨門生欲謁巨公於昭代。今則紫庭降聖，華渚開祥，遠離朝日之方來展望雲之總千八百國咸歸至治之風億萬斯年共禱無疆之壽遥望天庭敢進祝聖之頌東海蓬萊第一仙遥瞻西北祝堯天願皇長似東君壽與物爲春億萬年

西方老人

但某秦川故老華岳幽人詢仙掌之遺蹤咸知始末戀蓮峯之絶頂不記歲時漱流玉乳之泉枕石雲陽之洞逍遥物外笑傲林間奉王母之蟠桃嘗延漢帝指老聃之仙李永佑唐基掌中五色之丸世上千年之壽欣逢聖代來至塵寰當洪河澄九曲之時是甲

覲誕一人之日祥麟遊於泰畤天馬來於大宛景星見而朱草生瑞露降而赤烏集既遇無爲之化宜歌有道之君是以駕青牛而度函關指丹鳳而趨魏闕唯願慶源流遠齊河海以無窮睿筭綿長等乾坤而不老遥望天庭敢進祝聖之頌

華岳峯頭萬葉蓮開花今古世相傳願皇長似蓮峯久結實盤根不記年

中央老人

但某棲心嵩極振迹伊川年高而可等松椿氣粹而嘗飧芝朮洞裏之煙霞不老壺中之日月偏長當聖

主之盛時居天心之奥壤但見璿璣運而寒暑正土圭測而陰陽和冠帶被於百蠻玉帛來於萬國龍在沼而麟在藪河出圖而洛出書民躋壽域之中俗樂春臺之上今則堯眉誕秀舜目開祥遠離王屋之間來入帝畿之内仰瞻天表莫非嶽降之神上祝皇圖豈止山呼之歲遥望天庭敢進祝聖之頌

嵩高維嶽鎮中天王氣盤基降壽仙惟願吾皇等嵩嶽三靈齊祝壽一作萬斯年

南方老人

但某託迹炎洲游神衡嶽非海濵之野叟迺星極之

老人當火德爲治之朝是離明繼照之日里社鳴而聖人出泰階正而王道平百蠻向風重譯來貢屢覩豐年之上瑞故知百姓之懽心鼓腹而歌治世之音安以樂曲肱而枕化國之日舒以長斯可謂唐虞之民又豈止成康之俗令則流虹誕聖遶電開祥來趨北闕之前上祝南山之永雲翔霧集旣羅仙籍之班地久天長以禱皇家之祚遥望天庭敢進祝聖之頌

南極星中一老人南山爲壽祝吾君願君永奏南薰曲當使淳音萬國聞

北方老人

但其修真北嶽常傾葵藿之心混俗幽都不避草茅之迹潛神自得味道爲娛易水歌風曾識荆軻於往歲燕山勒石親逢竇憲於當年仙家之景物常春人世之光陰易老華表之鶴未久還來蓮葉之龜於時屢見但處積陰之境每輸就日之誠望千呂之青雲慶流虹於華渚當萬域來王之際是千齡誕聖之初是以歷沙漠而朝宗叩天閽而祝頌惟願慶基不朽永齊金石之堅寶祚無疆更等山河之固遥望天庭敢進祝聖之頌

北嶽神仙九轉丹持來北闕獻君前願將北極齊君

壽萬國陶陶共戴天

會老堂致語熙寧壬子趙康靖公自南京訪公於穎時呂正獻公爲守

某聞安車以適四方，禮典雖存於往制；命駕而之千里，交情罕見於今人。伏惟致政少師一德元臣，三朝宿望，挺立始終之節，從容進退之宜。謂青衫早並於俊遊，白首各諧於歸老。已釋軒裳之累，却尋雞黍之期。遠無憚於川塗，信不渝於風雨。幸會北堂之學士，方爲東道之主人。遂令潁水之濱，復見德星之聚。里閭拭目，覺陋巷以生光；風義聳聞，爲一時之盛事。敢陳口號，上贊清歡。

欲知盛集繼荀陳請看當筵主與賓金馬玉堂三學士清風明月兩閑人紅芳已盡鶯猶囀青杏初嘗酒正醇美景難并良會少乘歡舉白莫辭頻

西湖念語

昔者王子猷之愛竹造門不問於主人陶淵明之卧輿遇酒便留於道士況西湖之勝槩擅東潁之佳名雖美景良辰固多於高會而清風明月幸屬於閑人並遊或結於良朋乘興有時而獨往鳴蛙暫聽安問屬官而屬私曲水臨流自可一觴而一詠至歡然而會意亦傍若於無人乃知偶來常勝於特來前言可

信所有雖非於已有其得已多因翻舊闋之辭寫以新聲之調敢陳薄伎聊佐清歡

採桑子

一

輕舟短棹西湖好綠水逶迤芳草長堤隱隱笙歌處處隨　無風水面琉璃滑不覺船移微動漣漪驚起沙禽掠岸飛

二

春深雨過西湖好百卉爭妍蝶亂蜂喧晴日催花暖欲然　蘭橈畫舸悠悠去疑是神仙返照波間水闊

風高颺管絃

三

畫船載酒西湖好急管繁絃玉盞催傳穩泛平波任
醉眠行雲却在行舟下空水澄鮮俯仰留連疑是
湖中別有天

四

群芳過後西湖好狼籍殘紅飛絮濛濛垂柳欄干盡
日風笙歌散盡遊人去始覺春空垂下簾櫳雙燕
歸來細雨中

五

何人解賞西湖好佳景無時飛蓋相追貪向花間醉
玉卮誰知閑凭欄干處芳草斜暉水遠煙微一點
滄洲白鷺飛

六

清明上巳西湖好滿目繁華爭道誰家緑柳朱輪走
鈿車遊人日暮相將去醒醉諠譁路轉堤斜直到
城頭總是花

七

荷花開後西湖好載酒來時不用旌旗前後紅幢緑
蓋隨畫船撑入花深處香泛金卮煙雨微微一片

笙歌醉裏歸

八

天容水色西湖好，雲物俱鮮。鷗鷺閑眠，應慣尋常聽管絃。風清月白偏宜夜，一片瓊田。誰羨驂鸞，人在舟中便是仙。

九

殘霞夕照西湖好，花塢蘋汀。十頃波平，野岸無人舟自横。西南月上浮雲散，軒檻涼生。蓮芰香清，水面風來酒面醒。

十

平生爲愛西湖好，來擁朱輪。富貴浮雲，俯仰流年二十春。歸來恰似遼東鶴，城郭人民，觸目皆新，誰識當年舊主人。

十一

畫樓鍾動君休唱，往事無蹤，聚散忽忽，今日歡娱幾客同。去年緑鬢今年白，不覺衰容，明月清風，把酒何人憶謝公。

十二

十年一别流光速，白首相逢，莫話衰翁，但鬭樽前語笑同。勸君滿酌君須醉，盡日從容，畫鷁牽風，即去

朝天沃舜聰

十三

十年前是樽前客，月白風清，憂患凋零，老去光陰速。可驚。鬢華雖改心無改，試把金觥，舊曲重聽，猶似當年醉裏聲。

朝中措

平山欄檻倚晴空，山色有無中。手種堂前垂柳，别來幾度春風。　文章太守，揮毫萬字，一飲千鍾。行樂直須年少，樽前看取衰翁。

歸自謡

一

何處笛深夜夢回情脉脉竹風簷雨寒窻隔 離人幾歲無消息今頭白不眠特地重相憶

二

春豔豔江上晚山三四點柳絲如剪花如染 香閨寂寂門半掩愁眉斂泪珠滴破烟脂臉

三

寒水碧水上何人吹玉笛扁舟遠送瀟湘客 蘆花千里霜月白傷行色來朝便是關山隔

長相思

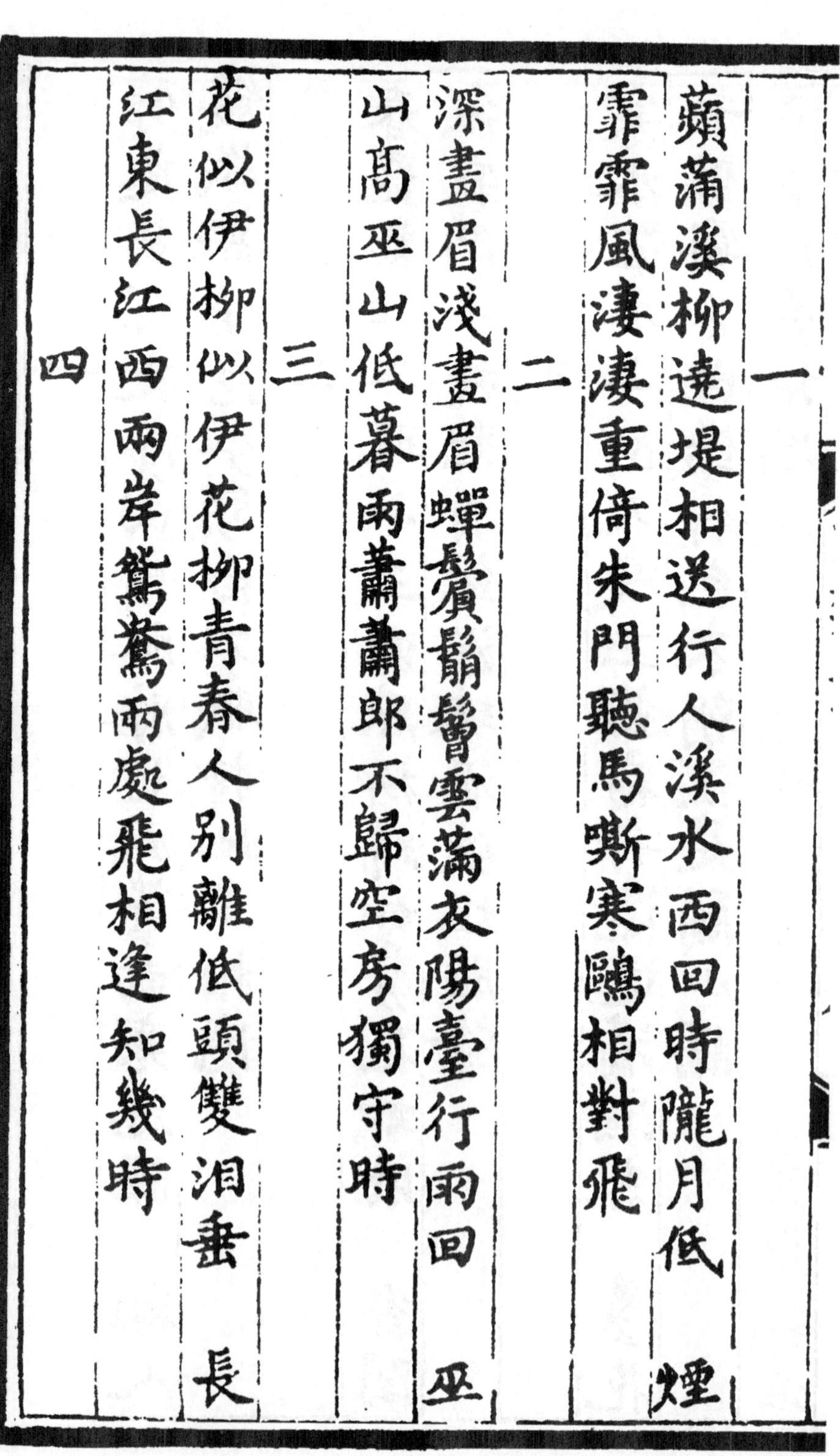

一

蘋蒲溪柳遶堤相送行人溪水西回時隴月低煙霏霏風淒淒重倚朱門聽馬嘶寒鷗相對飛

二

深畫眉淺畫眉蟬鬢鬅鬙雲滿衣陽臺行雨回巫山高巫山低暮雨蕭蕭郎不歸空房獨守時

三

花似伊柳似伊花柳青春人別離低頭雙淚垂長江東長江西兩岸鴛鴦兩處飛相逢知幾時

四

深花枝淺花枝深淺花枝相並時花枝難似伊　玉如肌柳如眉愛著鵝黃金縷衣啼粧更爲誰

訴衷情　眉意

清晨簾幕卷輕霜呵手試梅粧都緣自有離恨故畫作遠山長　思往事惜流芳易成傷擬歌先斂欲笑還顰最斷人腸

踏莎行

一

候館梅殘溪橋柳細草薰一作芳風暖搖征轡離愁漸遠漸無窮迢迢不斷如春水　寸寸柔腸盈盈粉淚

樓高莫近危欄倚平蕪盡處是春山行人更在春山外

二

雨霽風光春分天氣千花百卉爭明媚畫梁新燕一雙雙玉籠鸚鵡愁孤睡　薜荔依墻莓苔滿地青樓幾處歌聲麗驀然舊事上心來無言斂皺眉山翠

望江南

江南蝶斜日一雙雙身似何郎全傅粉心如韓壽愛偷香天賦與輕狂　微雨後薄翅膩煙光纔伴遊蜂來小院又隨飛絮過東墻長是為花忙

減字木蘭花

一

留春不住燕老鶯慵無覓處説似殘春一老應無却少人　風和月好辦得黄金須買笑愛惜芳時莫待無花空折枝

二

傷懷離抱天若有情天亦老此意如何細似輕絲渺似波　扁舟岸側楓葉荻花秋索索細想前歡須著人間比夢間

三

樓臺向曉，淺月低雲天氣好。翠幕風微，宛轉梁州入破時。香生舞袂，楚女腰肢天與細。汗粉重匀，酒後輕寒不著人。

四

畫堂雅宴，一抹朱絃初入遍。慢撚輕籠，玉指纖纖嫩剝葱。撥頭憁利，怨月愁花無限意。紅粉輕盈，倚暖香檀曲未成。

五

歌檀斂袂，繚繞雕梁塵暗起。柔潤清圓，百琲明珠一綫穿。櫻唇玉齒，天上仙音心下事。留住行雲，滿坐

迷魂酒半醺

生查子

一

去年元夜時，花市燈如晝。月到柳梢頭，人約黄昏後。今年元夜時，月與燈依舊。不見去年人，泪滿春衫袖。

二

含羞整翠鬟，得意頻相顧。鴈柱十三絃，一一春鶯語。嬌雲容易飛，夢斷知何處。深院鎖黄昏，陣陣芭蕉雨。

瑞鷓鴣

楚王臺上一神仙，眼色相看意已傳。見了又休還似夢，坐來雖近遠如天。　隴禽有恨猶能說，江月無情也解圓。更被春風送惆悵，落花飛絮兩翩翩。

清商怨

關河愁思望處滿，漸素秋向晚。鴈過南雲，行人回淚眼。　雙鸞衾裯悔展，夜又永、枕孤人遠。夢未成歸，梅花聞塞管。

阮郎歸

一

東風臨水日銜山，春來長是閑。落花狼籍酒闌珊，笙

歌醉夢間　春睡覺晚粧殘無人整翠鬟留連光景

惜朱顔黄昏獨倚欄

二

南園春早踏青時風和聞馬嘶青梅如豆柳如眉日

長蝴蝶飛　花露重草煙低人家簾幕垂鞦韆慵困

解羅衣畫梁雙燕棲

三

角聲吹斷隴梅枝孤窻月影低塞鴻無限欲驚飛城

烏休夜啼　尋斷夢掩深閨行人去路迷門前楊柳

緑陰齊何時聞馬嘶

四

劉郎何日是來時無心雲勝伊行雲猶解傍山扉郎行去不歸　强匀畫又芳菲春深輕薄衣桃花無語伴相思陰陰月上時

五

落花浮水樹臨池年前心眼期見來無事去還思而今花又飛　淺螺黛淡燕脂閑粧取次宜隔簾風雨閉門時此情風月知

近體樂府卷第一

朝中措　垂柳（一作楊柳）

歸自謠三篇（並載馮延巳陽春録，名歸國遥）　春

第三篇　夢回（一作夢魂）來朝（一作明朝）

長相思第二篇（尊前集作唐無名氏詞）　空房獨守時（一作低頭雙淚垂）

生查子第一篇　月到（一作月在）月與燈依舊（一作燈月仍依舊）

瑞鷓鴣　相看（一作相勾）遠如（一作宛如）翩翩（一作落然）

阮郎歸三篇（並載陽春録，名醉桃源）

第一篇　臨水（一作吹水）睡覺（一作睡起）

第二篇　春早（一作春半）

近體樂府卷第二　歐陽文忠公集一百三十二

長短句

蝶戀花 一名鳳棲梧 又名鵲踏枝

一

簾幕東風寒料峭雪裏香梅先報春來早紅蠟枝頭雙燕小金刀翦綵呈纖巧　旋暖金爐薰蕙藻酒入橫波困不禁煩惱繡被五更春睡好羅幃不覺紗窗曉

二

南雁依稀回側陣雪霽墻陰遍覺蘭芽嫩中夜夢餘

消酒困鑪香卷穗燈生暈　急景流年都一瞬往事前懽未免縈方寸臘後花期知漸近東風已作寒梅信

三

臈雪初銷梅蘂綻梅雪相和喜鵲穿花轉睡起夕陽迷醉眼新愁長向東風亂　瘦覺玉肌羅帶緩紅杏梢頭二月春猶淺望極不來芳信斷音書縱有爭如見

四

海鷰雙來歸畫棟簾影無風花影頻移動半醉騰騰

春睡重綠鬟堆枕香雲擁　翠被雙盤金縷鳳憶得前春有箇人人共花裏黄鶯時一弄日斜驚起相思夢

五

面旋落花風蕩漾柳重煙深雪絮飛來往雨後輕寒猶未放春愁酒病成惆悵　枕畔屏山圍碧浪翠被華燈夜夜空相向寂寞起來褰繡幌月明正在梨花上

六

六曲欄干偎碧樹楊柳風輕展盡黄金縷誰把鈿箏

移玉柱穿簾海燕雙飛去　滿眼遊絲兼落絮紅杏開時一霎清明雨濃醉覺來鶯亂語驚殘好夢無尋處

七

遥夜亭皋閑信步乍過清明漸覺傷春暮數點雨聲風約住朦朧淡月雲來去　桃杏一作李依俙香暗度誰上一作在鞦韆笑裏輕輕語一寸相思千萬緒人間没箇安排處

八

簾幕風輕雙語鷰午後醒來柳絮飛撩亂心事一春

猶未見紅英落盡青苔院　百尺朱樓閑倚遍薄雨濃雲抵死遮人面羌管不須吹別怨無腸更爲新聲斷

九

庭院深深深幾許楊柳堆煙簾幕無重數玉勒雕鞍遊冶處樓高不見章臺路　雨横風狂三月暮門掩黄昏無計留春住泪眼問花花不語亂紅飛過鞦韆去

十

永日環隄乘綵舫煙草蕭踈恰似晴江上水浸碧天

風皺浪，菱花荇蔓隨雙槳。紅粉佳人翻麗唱，驚起鴛鴦兩兩飛相向。且把金樽傾美釀，休思往事成惆悵。

十一

越女採蓮秋水畔，窄袖輕羅，暗露雙金釧。照影摘花花似面，芳心只共絲爭亂。　鸂鶒灘頭風浪晚，霧重煙輕，不見來時伴。隱隱歌聲歸棹遠，離愁引着江南岸。

十二

水浸秋天風皺浪，縹緲仙舟，只似秋天上。和露採蓮

愁一餉看花却是啼粧樣　折得蓮莖絲未放蓮斷絲牽特地成惆悵歸棹莫隨花蕩漾江頭有箇人相望

十三

梨葉初紅蟬韻歇銀漢風高玉管聲淒切枕簟乍涼銅漏徹誰教杜燕輕離別　草際蟲吟秋露結宿酒醒來不記歸時節多少衷腸猶未說珠簾夜夜朦朧月

十四

獨倚危樓風細細望極離愁黯黯生天際草色山光

殘照裏無人會得凭欄意　也擬踈狂圖一醉對酒當歌強飲還無味衣帶漸寬都不悔況伊銷得人憔悴

十五

簾下清歌簾外宴雖愛新聲不見如花面牙板數敲珠一串梁塵暗落琉璃盞　桐樹花深孤鳳怨漸遏遙天不放行雲散坐上少年聽未慣玉山將倒腸先斷

十六

誰道閑情拋弃久每到春來惆悵還依舊日日花前

常病酒不辭鏡裏朱顔瘦　河畔青蕪堤上柳爲問新愁何事年年有獨立小橋風滿袖平林新月人歸後

十七

翠苑紅芳晴滿目綺席流鶯上下長相逐紫陌閑隨金轣轆馬蹄踏遍春郊緑　一覺年華春夢促往事悠悠百種尋思足煙雨滿樓山斷續人閑倚遍欄干曲

十八

小院深深門掩亞寂寞珠簾畫閣重重下欲近禁煙

微雨罷，綠楊深處鞦韆掛。傳粉狂遊猶未捨，不念芳時，眉黛無人畫。薄倖未歸春去也，杏花零落香紅謝。

十九

幾日行雲何處去，忘了歸來，不道春將暮。百草千花寒食路，香車繫在誰家樹。淚眼倚樓頻獨語，雙燕來時，陌上相逢否。撩亂春愁如柳絮，依依夢裏無尋處。

二十

欲過清明煙雨細，小檻臨窻，點點殘花墜。梁燕語多

驚曉睡銀屏一半堆香被　新歲風光如舊歲所恨征輪漸漸程迢遞縱有遠情難寫寄何妨解有相思泪

二十一

畫閣歸來春又晚燕子雙飛柳軟桃花淺細雨滿天風滿院愁眉斂盡無人見　獨倚欄干心緒亂芳草芊綿尚憶江南岸風月無情人暗换舊遊如夢空腸斷

二十二

嘗愛西湖春色早臈雪方銷已見桃開小頃刻光陰

都過了如今緑暗紅英少　且趁餘花謀一笑　況有
笙歌艷態相縈繞　老去風情應不到　憑君剩把芳樽
倒

漁家傲

一

一派潺湲流碧漲新亭四面山相向翠竹嶺頭明月
上迷俯仰月輪正在泉中漾　更待高秋天氣爽菊
花香裏開新釀酒美賓嘉真勝賞紅粉唱山深分外
歌聲響

二

十月小春梅蘂綻紅爐畫閣新裝遍錦帳美人貪睡暖羞起晚玉壺一夜氷澌滿樓上四垂簾不卷天寒山色偏宜遠風急鴈行吹字斷紅日短江天雪意雲撩亂

三 與趙康靖公

四紀才名天下重三朝構厦爲梁棟定册功成身退勇辭榮寵歸來白首笙歌擁　顧我薄才無可用君恩近許歸田壠今日一觴難得共聊對捧官奴爲我高歌送

四

暖日遲遲花裊裊人將紅粉爭花好花不能言惟解笑金壺倒花開未老人年少　車馬九門來擾擾行人莫羨長安道丹禁漏聲衢鼓報催昏曉長安城裏人先老

五

紅粉墻頭花幾樹落花片片和驚絮墻外有樓花有主尋花去隔墻遥見秋千侶　緑索紅旗雙綵柱行人只得偷回顧腸斷樓南金鎖戶天欲暮流鶯飛到秋千處

六

妾本錢塘蘇小妹芙蓉花共門相對昨日為逢青傘蓋慵不採今朝斗覺凋零嘫　愁倚畫樓無計柰亂紅飄過秋塘外料得明年秋色在香可愛其如鏡裏花顏改

七

花底忽聞敲兩槳逡巡女伴來尋（一作相）訪酒盞旋將荷葉當蓮舟蕩時時盞裏生紅浪　花氣酒香清廝釀花腮酒面紅相向醉倚綠陰眠一餉驚起望船頭閣在沙灘上

八

葉有清風花有露葉籠花罩鴛鴦侶白錦頂絲紅錦羽蓮女妬驚飛不許長相聚　日脚沉紅天色暮青涼傘上微微雨早是水寒無宿處須回步枉教雨裹分飛去

九

荷葉田田青照水孤舟挽在花陰底昨夜蕭蕭疎雨墜愁不寐朝來又覺西風起　雨擺風揺金蘂碎合歡枝上香房翠蓮子與人長厮類無好意年年苦在中心裏

十

葉重如将青玉亞花輕疑是紅綃掛顏色清新香脆
洒堪長價牡丹怎得稱王者　雨筆露牋勾彩畫日
爐風炭薰蘭麝天與多情絲一把誰厮惹千條萬縷
縈心下

十一

粉蘂丹青描不得金針線線功難敵誰傍暗香輕採
摘風淅淅船頭觸散雙鸂鶒　夜雨染成天水碧朝
陽借出烟脂色欲落又開人共惜秋氣逼盤中已見
新荷的

十二

幽鷺謾來窺品格，雙魚豈解傳消息。緑柄嫩香頻採摘，心似織條條，不斷誰牽役。　珠泪暗和清露滴，羅衣染盡秋江色。對面不言情脉脉，煙水隔，無人説似長相憶。

十三

楚國細腰元自瘦，文君膩臉誰描就。日夜鼓聲催箭漏，昏復晝，紅顔豈得長如舊。　醉折嫩房紅蘂嗅，天絲不斷清香透。却傍小欄凝望久，風滿袖，西池月上人歸後。

十四　七夕

喜鵲填河仙浪淺雲軿早在星橋畔街鼓黄昏霞尾暗炎光斂金鉤側倒天西面　一别經年今始見新歡往恨知何限天上佳期貪眷戀良宵短人間不合催銀箭

十五

乞巧樓頭雲幔卷浮花催洗嚴粧面花上蛛絲尋得遍顰笑淺雙眸望月牽紅線　奕奕天河光不斷有人正在長生殿暗付金釵清夜半千秋願年年此會長相見

十六

別恨長長歡計短踈鍾促漏真堪怨此會此情都未
半星初轉鸞琴鳳樂怱怱卷　河鼓無言西北盼香
蛾有恨東南遠脉脉横波珠泪滿歸心亂離腸便逐
星橋斷

十七

九日歡遊何處好黄花萬蘂雕欄遶通體清香無俗
調天氣好煙滋露結功多少　日脚清寒高下照寳
釘密綴圓斜小落葉西園風嫋嫋催秋老叢邊莫厭
金樽倒

十八

青女霜前催得綻金鈿亂散枝頭徧落帽臺高開雅宴芳樽滿挼花吹在流霞面　桃李三春雖可羨鶯來蝶去芳心亂爭似仙潭秋水岸香不斷年年自作茱萸伴

十九

露裛嬌黃風擺翠人間晚秀非無意仙格淡妝天與麗誰可比女真裝束真相似　進上佳人牽翠袂纖纖玉手挼新蕊美酒一杯花影膩邀客醉紅瓊共作熏熏媚

二十

對酒當歌勞客勸惜花只惜年華晚寒艷冷香秋不管情春春凭欄盡日愁無限　思抱芳期隨塞鴈悔無深意傳雙燕悵望一枝難寄遠人不見樓頭望斷相思眼

玉樓春　題上林後亭名木蘭花令

一

風遲日媚煙光好緑樹依依芳意早年年華容易即凋零春色只宜長恨少　池塘隱隱驚雷曉柳眼未開梅萼小樽前貪愛物華新不道物新人漸老

二

西亭飲散清歌闋花外遲遲宮漏發塗金燭引紫騮
嘶柳曲西頭歸路別 佳辰只恐幽期闊密贈殷勤
衣上結翠屏魂夢莫相尋禁斷六街清夜月

三

春山斂黛低歌扇暫解吳鉤登祖宴畫樓鍾動已魂
銷何況馬嘶芳草岸 青門柳色隨人遠望欲斷時
腸已斷洛城春色待君來莫到落花飛似霰

四

樽前擬把歸期說未語春容先慘咽人生自是有情
癡此恨不關風與月 離歌且莫翻新闋一曲能教

腸寸結直須看盡洛城花始共春風容易别

五

洛陽正值芳菲節穠艷清香相間發游絲有意苦相縈垂柳無端爭贈别　杏花紅處青山缺山畔行人山下歇今宵誰肯遠相隨惟有寂寥孤館月

六

殘春一夜狂風雨斷送紅飛花落樹人心花意待留春春色無情容易去　高樓把酒愁獨語借問春歸何處所暮雲空闊不知音惟有緑楊芳草路

七

常憶洛陽風景媚煙暖風和添酒味鶯啼宴席似留人花出牆頭如有意　別來已隔千山翠望斷危樓斜日墜關心只爲牡丹紅一片春愁來夢裏

八

池塘水緑春微暖記得玉真初見面從頭歌韻響錚鏦入破舞腰紅亂旋　玉鉤簾下香堦畔醉後不知紅日晚當時共我賞花人點撿如今無一半

九

兩翁相遇逢佳節正值柳綿飛似雪便須豪飲敵青春莫對新花羞白髮　人生聚散如弦筈老去風情

尤惜别大家金盏倒垂莲一任西楼低晓月

十

西湖南北烟波阔风裹丝簧声韵咽舞余裙带绿双垂酒入香腮红一抹　杯深不觉瑠璃滑贪看六幺花十八明朝车马各西东惆怅画桥风与月

十一

燕鸿过后春归去细算浮生千万绪来如春梦几多时去似朝云无觅处　闻琴解佩神仙侣挽断罗衣留不住劝君莫作独醒人烂醉花间应有数

十二

蝶飛芳草花飛路把酒已嗟春色暮當時枝上落殘花今日水流何處去　樓前獨遶鳴蟬樹憶把芳條吹暖絮紅蓮緑芰亦芳菲不奈金風兼玉露

十三

別後不知君遠近觸目淒涼多少悶漸行漸遠漸無書水闊魚沉何處問　夜深風竹敲秋韻萬葉千聲皆是恨故欹單枕夢中尋夢又不成燈又燼

十四

紅絛約束瓊肌穩拍碎香檀催急衮隴頭鳴咽水聲繁葉下間關鶯語近　美人才子傳芳信明月清風

傷别恨未知何處有知音常爲此情留此恨

十五

檀槽碎響金絲撥露濕潯陽江上月不知商婦爲誰愁一曲行人留夜發　畫堂花月新聲别紅蘂調長彈未徹暗将深意祝膠絃唯願絃絃無斷絶

十六

春葱指甲輕攏撚五彩垂條雙袖卷雪香濃透紫檀槽胡語急隨紅玉腕　當頭一曲情何限入破錚鏦金鳳戰普分芳酒祝長春再拜歛容擡粉面

十七

金花盞面紅煙透舞急香茵隨步皺青春才子有新詞紅粉佳人重勸酒　也知自爲傷春瘦歸騎休交銀燭候擬将沉醉爲清歡無柰醒來還感舊

十八

雪雲乍變春雲簇漸覺年華堪送目北枝梅蘂犯寒開南浦波紋如酒緑　芳菲次第還相續不柰情多無處足樽前百計得春歸莫爲傷春歌黛蹙

十九　柳

黄金弄色輕於粉濯濯春條如水嫩爲緣力薄未禁風不柰多嬌長似困　腰柔乍怯人相近眉小未知

春有恨勸君着意惜芳菲莫待行人攀折盡

二十

珠簾半下香銷印二月東風催柳信琵琶傍畔且尋思鸚鵡前頭休借問　驚鴻過後生離恨紅日長時添酒困未知心在阿誰邊滿眼泪珠言不盡

二十一

沉沉庭院鶯吟弄日暖煙和春氣重緑楊嬌眼爲誰回芳草深心空自動　倚欄無語傷離鳳一片風情無處用尋思還有舊家心蝴蝶時時來役夢

二十二

去時梅蕚初凝粉不覺小桃風力損梨花最晚又凋零何事歸期無定準　欄干倚遍重來凭淚粉偷將紅袖印蜘蛛喜鵲誤人多似此無憑安足信

二十三

酒美春濃花世界得意人人千萬態莫教辜負艷陽天過了堆金何處買　已去少年無計奈且願芳心長恁在閑愁一點上心來筭得東風吹不解

二十四

湖邊柳外樓高處望斷雲山多少路欄干倚遍使人愁又是天涯初日暮　輕無管繫狂無數水畔花飛

風裏絮萍伊渾似薄情郎去便不來來便去

二十五

南園粉蝶能無數度翠穿紅來復去倡條冶葉恣留連飄蕩輕於花上絮　朱欄夜夜風兼露宿粉棲香無定所多情翻却似無情贏得百花無限妬

二十六　子規

江南三月春光老月落禽啼天未曉露和啼血染花紅恨過千家煙樹杪　雲埀玉枕屏山小夢欲成時驚覺了人心應不似伊心若解思歸歸合早

二十七

東風本是開花信及至花時風更緊吹開吹謝苦忩忩春意到頭無處問　把酒臨風千萬恨欲掃殘紅猶未忍夜來風雨轉離披滿眼淒涼愁不盡

二十八

陰陰樹色籠晴晝清淡園林春過後杏腮輕粉日催紅池面緑羅風卷皺　佳人向晚新粧就圓膩歌喉珠欲溜當筵莫放酒杯遲樂事良辰難入手

二十九

芙蓉鬬暈燕支淺留着晚花開小宴畫船紅日晚風清柳色溪光晴照暖　美人争勸梨花盞舞困玉腰

裊纓慢莫交銀燭促歸期已祝斜陽休更晚

漁家傲 續添

正月斗杓初轉勢金刀剪綵功夫異稱慶高堂歡幼稚看柳意偏從東面春風至 十四新蟾圓尚未樓前乍看紅燈試冰散綠池泉細細魚欲戲園林已是花天氣

同前

二月春耕昌杏密百花次第爭先出惟有海棠梨第一深淺拂天生紅粉真無匹 畫棟歸來巢未失雙雙款語憐飛乙留客醉花迎曉日金盞溢却憂風雨

飄零疾

同前

三月清明天婉娩晴川祓禊歸來晚況是踏青來處遠猶不倦秋千別閉深庭院　更值牡丹開欲遍酴醾壓架清香散　誰解勸增春戀東風回晚無情絆

同前

四月園林春去後深深密幄陰初茂折得花枝猶在手香滿紬葉間梅子青如豆　風雨時時添氣候成行新筍霜筠厚題就送春詩幾首聊對酒櫻桃色照

銀盤溜　同前

五月榴花妖艷烘，緑楊帶雨垂垂重。五色新絲纏角粽，金盤送，生綃畫扇盤雙鳳。　正是浴蘭時節動，菖蒲酒美清尊共。葉裏黄鸝時一弄，猶鬅鬙，等閑驚破紗窻夢。

同前

六月炎天時霎雨，行雲涌出奇峯露。沼上嫩蓮腰束素，風兼露，梁王宫闕無煩暑。　畏日亭亭殘蕙炷，傍簾乳燕雙飛去。碧盌敲冰傾玉處，朝與莫，故人風快

涼輕度

同前

七月新秋風露早渚蓮尚折庭梧老是處瓜華時節好金樽倒人間綵縷爭祈巧　萬葉敲聲涼乍到百蟲啼晩煙如掃箭漏初長天杳杳人語悄那堪夜雨催清曉

同前

八月秋高風歷亂衰蘭敗芷紅蓮岸皓月十分光正滿清光畔年年常願瓊筵看　社近愁看歸去燕江天空闊雲容漫宋玉當時情不淺成幽怨鄉關千里

危腸斷

同前

九月霜秋秋已盡，烘林敗葉紅相映，惟有東籬黄菊盛，遺金粉，人家簾幕重陽近。曉日陰陰晴未定，授衣時節輕寒嫩，新鴈一聲風又勁，雲欲凝，鴈來應有吾鄉信。

同前 此篇已載本卷，但數字不同

十月小春梅蘂綻，紅爐畫閣新裝遍，鴛帳美人貪睡暖，梳洗嬾，玉壺一夜輕澌滿。樓上四垂簾不卷，天寒山色偏宜遠，風急鴈行吹字斷，紅日晚，江天雪意

雲撩亂

同前

十一月新陽排壽宴黃鍾應管添宮線獵獵寒威雲不卷風頭轉時看雪霰吹人面 南至迎長知漏箭書雲紀候冰生研臈近探春春尚遠閑庭院梅花落盡千千片

同前

十二月嚴凝天地閉莫嫌臺榭無花卉惟有酒能欺雪意增豪氣直教耳熱笙歌沸 隴上雕鞍惟[illegible]數騎獵圍半合 新霜裏霜重鼓聲寒不起千人指馬前

一鴈寒空墜

荆公嘗對客誦永叔小闋云五綵新絲纏角粽金盤送生綃畫扇盤雙鳳曰三十年前見其全篇今才記三句乃永叔在李太尉端愿席上所作十二月鼓子詞數闋人求之不可得嗚呼荆公之没二紀余自永平幕召還過武陵始得於州將李君誼追恨荆公之不獲見也誼太尉猶子也年中秋日金陵闕其名

政和丙申冬余還自京師過歙州太守濠梁許君頌之席上見許君舉荆公所記三句且云此詞才

情■餘它人不能道也後十二年建炎戊申偶得此本於長樂同官方君後四年辛亥紹興二月朔自尤溪避盜宿龍吧以待二弟適無事謾録于此

吏部員外郎朱松喬年

近體樂府卷第二

蝶戀花第六篇 載陽春録

誰抱（一作誰把）雙飛（一作驚飛）濃醉（一作濃睡）鶯亂語（一作不語）慵

第七篇 尊前集作李王詞

乍過（一作過了）傷春暮（一作春將暮）依稀（一作

無言誰一作人輕輕一作低低相思一作芳心

第九篇亦載陽春録易安李氏稱是六一詞第十四十五篇並載柳三變樂章集

第十六篇亦載陽春録拋弃一作拋擲小橋一作小樓

第十九篇亦載陽春録

漁家傲第二篇羞起晚晚一作懶紅日短短一作晚

第十四篇霞尾晴一作亂

玉樓春第十篇舞餘文海作舞徐

第十一篇幾多一作不多

第十八篇此篇尊前集作馮延巳而陽春録不載送目一作縱目還相一作長相不禁一作自是

近體樂府卷第三　　歐陽文忠公集一百三十三

長短句

南歌子

鳳髻金泥帶，龍紋玉掌梳。走來窻下笑相扶，愛道畫眉深淺入時無。　弄筆偎人久，描花試手初。等閑妨了繡功夫，笑問雙鴛鴦字怎生書。

御街行

夭非華艷輕非霧，來夜半，天明去。來如春夢不多時，去似朝雲何處。乳鷄酒燕，落星沉月，紞紞城頭鼓。　參差漸辨西池樹，朱閣斜欹戶。綠苔深徑少人行，苔

上後痕無數遺香餘粉剩衾閑枕天把多情賦

桃源憶故人 一名虞美人影

一

梅梢弄粉香猶嫩欲寄江南春一作芳信别後寸腸縈一作愁損說與伊爭穩小爐獨守寒灰燼忍淚低頭二字一作無言畫盡眉上萬重新恨竟日無人問

二

鸎愁鷰苦春歸去寂寂花飄紅雨碧草緑楊岐路況是長亭暮 少年行客情難訴泣對東風無語目斷兩三煙樹翠隔江淹浦

臨江仙

一

柳外輕雷池上雨，雨聲滴碎荷聲。小樓西角斷虹明。欄干倚處，待得月華生。燕子飛來窺畫棟，玉鈎垂下簾旌。涼波不動簟紋平。水精雙枕，傍有墮釵橫。

二

記得金鑾同唱第，春風上國繁華。如今薄宦老天涯。十年岐路，空負曲江花。聞說閬山通閬苑，樓高不見君家。孤城寒日等閑斜。離愁難盡，紅樹遠連霞。

聖無憂

世路風波險，十年一別須臾。人生聚散長如此，相見且懽娛。好酒能消光景，春風不染髭鬚。爲公一醉花前倒，紅袖莫來扶。

浪淘沙

一

把酒祝東風，且共從容。垂楊紫陌洛城東。總是當時攜手處，遊遍芳叢。聚散苦忽忽，此恨無窮。今年花勝去年紅。可惜明年花更好，知與誰同。

二

花外倒金翹，飲散無憀。柔桑蔽日柳迷條。此地年時

曾一醉還是春朝　今日舉輕橈帆影飄飄長亭回首短亭遥過盡長亭人更遠特地魂銷

三

五嶺麥秋殘荔子初丹絳紗囊裏水晶丸可惜天教生處遠不近長安　往事憶開元妃子偏憐一從魂散馬嵬關只有紅塵無驛使滿眼驪山

四

萬恨苦綿綿舊約前懽桃花溪畔柳陰間幾度日高春睡重繡戶深關　樓外夕陽閑獨自憑欄一重水隔一重山水闊山高人不見有淚無言

五

今日北池遊漾漾輕舟波光瀲灩柳條柔如此春來春又去白了人頭　好妓好歌喉不醉難休勸君滿酌金甌縱使花時常病酒也是風流

定風波

一

把酒花前欲問他對花何怯（一作惜）醉顏酡春到幾人能爛賞何況無情風雨等閑多　艷樹香叢都幾許朝暮惜紅愁粉奈情何好是金船浮玉浪相向十分深送一聲歌

二

把酒花前欲問伊，忍嫌金盞負春時。紅艷不能旬日看，宜筭須知開謝只相隨。蝶去蝶來猶解戀，難見，回頭還是度年期。莫候飲闌花已盡，方信，無人堪與補殘枝。

三

把酒花前欲問公，對花何事訴金鐘。為問去年春甚處，虛度，鶯聲撩亂一場空。今歲春來須愛惜，難得，須知花面不長紅。待得酒醒君不見，千片，不隨流水即隨風。

四

把酒花前欲問君，世間何計可留春。縱使青春留得住，虛語，無情花對有情人。　任是好花須落去，自古紅顔能得幾時新。暗想浮生何事好，唯有清歌一曲倒金樽。

五

過盡韶華（一作光）不可添。小樓紅日下層簷。春睡覺來情緒惡，寂寞，楊花繚亂拂珠簾。　早是閑愁依舊在，無奈那堪更被宿酲兼。把酒送春惆悵甚，長途，年年二月病厭厭。

六

對酒追歡莫負春。春光歸去可饒人。昨日紅芳今綠樹，已暮殘花飛絮兩紛紛。　粉面麗姝歌窈窕，清妙樽前信任醉醺醺。不是狂心貪燕樂，自覺年來白髮滿頭新。

驀山溪

新正初破，三五銀蟾滿。纖手染香羅，剪紅蓮、滿城開遍。樓臺上下，歌管咽春風，駕香輪，停寶馬，只待金烏晚。　帝城今夜，羅綺誰為伴。應卜紫姑神，問歸期、相思望斷。天涯情緒，對酒且開顏，春宵短。春寒淺。莫待

金杯暖

浣溪沙

一

雲曳香綿彩柱高絳旗風颭出花梢一梭紅帶往來拋　束素美人羞不打却嫌裙慢褪纖腰日斜深院影空摇

二

堤上遊人逐畫船拍堤春水四垂天緑楊樓外出鞦韆　白髮戴花君莫笑六么催拍盞頻傳人生何處似樽前

三

湖上朱橋響畫輪溶溶春水浸春雲碧瑠璃滑淨無塵當路遊絲縈醉客隔花啼鳥喚行人日斜歸去柰何春

四

葉底青青杏子垂枝頭薄薄柳綿飛日高深院曉鶯啼堪恨風流成薄倖斷無消息道歸期托腮無語翠眉低

五

青杏園林煑酒香佳人初着薄羅裳柳絲摇曳燕飛

忙　乍雨乍晴花自落閑愁閑悶晝偏長爲誰消瘦

損容光

六

紅粉佳人白玉杯木蘭船穩棹歌催緑荷風裏笑聲

來　細雨輕煙籠草樹斜橋曲水遶樓臺夕陽高處

畫屏開

七

翠袖嬌鬟舞石州雨行紅粉一時羞新聲難逐管絃

愁　白髮主人年未老清時賢相望偏優一樽風月

爲公留

八

燈燼垂花月似霜薄簾映月兩交光酒醺紅粉自生香雙手舞餘拖翠袖一聲歌已釂金觴休回嬌眼斷人腸

九

十載相逢酒一卮故人纔見便開眉老來遊舊更同誰浮世歌歡真易失宦途離合信難期樽前莫惜醉如泥

御帶花

青春何處風光好帝里偏愛元夕萬重繒綵構一屏

峯嶺半空金碧寶檠銀釭耀絳幕龍虎騰擲泚堤遠雕輪綉轂爭走五王宅　雍容熙熙作畫會樂府神姬海洞仙客拽香搖翠稱執手行歌錦街天陌月淡寒輕漸向曉漏聲寂寂當年少狂心未已不醉怎歸得

虞美人

爐香晝永龍煙白風動金鸞額畫屏寒掩小山川睡容初起枕痕圓墜花鈿　樓高不及煙霄半望盡相思眼艷陽剛愛挫愁人故生芳草碧連雲怨王孫

一　鶴沖天

梅謝粉柳拖金香滿舊園林養花天氣半晴陰花好
却愁深花無數愁無數花好却愁春去戴花持酒
祝東風千萬莫匆匆

夜行船

一

憶昔西都懽縱自别後有誰能共伊川山水洛川花
細尋思舊遊如夢今日相逢情愈重愁聞唱畫樓
鍾動白髮天涯逢此景倒金樽殢誰相送

二

蒲眼東風飛絮催行色短亭春暮落花流水草連雲

看看是斷腸南浦　檀板未終人去去扁舟在綠楊深處手把金樽難爲別更那聽亂鶯疎雨

洛陽春

紅紗未曉黃鸝語蕙爐銷蘭炷錦屏羅幕護春寒昨夜三更雨　綉簾閑倚吹輕絮斂眉山無緒看花拭淚向歸鴻問來處逢郎否

一叢花　此篇世傳張先子野詞

傷春懷遠幾時窮無物似情濃離愁正恁牽絲亂更南陌飛絮濛濛歸騎漸遥征塵不斷何處認郎蹤雙鴛池沼水溶溶南北小橋通梯横畫閣黃昏後又

還是新月簾櫳況恨細思不如桃李還解嫁春風

雨中花

千古都門行路能使離歌聲苦送盡行人花殘春晚又到君東去　醉藉落花吹暖絮多少曲堤芳樹且携手留連良辰美景留作相思處

千秋歲

數聲鶗鴂又報芳菲歇惜春更把殘紅折雨輕風色暴梅子青時節永豐柳無人盡日花飛雪　莫把絲絃撥怨極絃能説天不老情難絶心似雙絲網終有千千結夜過也東窻未白殘燈滅

越溪春

三月十三寒食日春色遍天涯越溪閬苑繁華地傍禁垣珠翠煙霞紅粉墻頭鞦韆影裏臨水人家歸來晚駐香車銀箭透窻紗有時三點兩點雨霽朱門柳細風斜沉麝不燒金鴨冷籠月照梨花

賀聖朝影

白雪梨花紅粉桃露華高垂楊慢舞綠絲絛草如袍風過小池輕浪起似江臯千金莫惜買香醪且陶陶

洞天春

鶯啼綠樹聲早檻外殘紅未掃露點真珠遍芳草正

簾幃清曉鞦韆宅院悄悄又是清明過了燕蝶輕

狂柳絲撩亂春心多少

憶漢月

紅豔幾枝輕裊新被東風開了倚煙啼露爲誰嬌故

惹蝶憐蜂惱　多情遊賞處留戀向綠叢千繞酒闌

歡罷不成歸腸斷月斜春老

清平樂

一

雨晴煙晚綠水新池滿雙燕飛來垂柳院小閣畫簾

高捲　黄昏獨倚朱欄　西南初月眉彎　砌下落花風起　羅衣特地春寒

二

小庭春老　碧砌紅萱草長　憶小欄閑共　遶携手緑叢含笑　别來音信全乖　舊期前事堪猜　門掩日斜人静　落花愁點青苔

應天長

一

一彎初月臨鸞鏡　雲鬢鳳釵慵不整　珠簾淨　重樓迥　惆悵落花風不定　緑煙低柳徑　何處轆轤金井　昨

夜更闌酒醒春愁勝却病

二

石城山下桃花綻宿雨初晴雲未散南去棹北飛鴈水闊山遥腸欲斷　倚樓情緒懶惆悵春心無限燕度蒹葭風晚欲歸愁滿面

三

緑槐陰裏黄鶯語深院無人日正午繡簾垂金鳳舞寂寞小屏香一炷　碧雲凝合處空役夢魂來去昨夜緑窻風雨問君知也否

涼州令　東堂石榴

翠樹芳條颭的的裙腰初染佳人携手弄芳菲綠陰
紅影共展雙紋簟插花照影窺鸞鑑只恐芳容減不
堪零落春晚青苔雨後深紅點一去門閑掩重來
却尋朱檻離離秋實弄輕霜嬌紅脉脉似見燕脂臉
人非事往眉空歛誰把佳期賺芳心只願長依舊春
風更放明年艷

南鄉子

一

翠密紅繁水國涼生未是寒雨打荷花珠不定輕翻
冷潑鴛鴦錦翅斑盡日凭闌弄蘂拈花子細看偷

得裏跡新鑄樣無端藏在紅房艷扮間

二

雨後斜陽細細風來細細香風定波平花映水休藏照出輕盈半面粧　路隔秋江蓮子深深隱翠房意在蓮心無問處難忘泪裛紅腮不記行

鵲橋仙

月波清霽煙容明淡靈漢舊期還至鵲迎橋路接天津映夾岸星榆點綴　雲屛未卷仙鷄催曉腸斷去年情味多應天意不教長恁恐把歡娛容易

芳草渡

梧桐落蓼花秋煙初冷雨纔收蕭條風物正堪愁人去後多少恨在心頭　燕鴻遠羌笛怨渺渺澄波一片山如黛月如鉤笙歌散夢魂斷倚高樓

珠簾捲暮雲愁垂楊暗鎖青樓煙雨濛濛如畫輕風吹旋收　香斷錦屏新別人閑玉箪初秋多少舊懽新恨書杳杳夢悠悠

更漏子

風帶寒枝正好蘭蕙無端先老情悄悄夢依依離人殊未歸　褰羅幕凭朱閣不獨堪悲搖落月東出鴈

南飛誰家夜擣衣

摸魚兒

卷繡簾梧桐秋院落一霎雨添新緑對小池閑立殘粧淺向晚水紋如縠凝遠目恨人去寂寂鳳枕孤難宿倚欄不足看燕拂風簷蝶翻露草兩兩長相逐雙眉促可惜年華婉娩西風初弄庭菊況伊家年少多情未已難拘束那堪更趁涼景追尋甚處垂楊曲佳期過盡但不説歸來多應忘了雲屏去時祝

少年遊

一

去年秋晚此園中携手翫芳叢拈花嗅蘂惱煙撩霧拚醉倚西風　今年重對芳叢處追往事又成空敲遍欄干向人無語惆悵滿枝紅

二

肉紅圓樣淺心黄枝上巧如裝雨輕煙重無慘天氣啼破曉來粧　寒輕貼體風頭冷忍抛棄向秋光不會深心爲誰惆悵回面恨斜陽

三

玉壼冰瑩獸爐灰人起繡簾開春叢一夜六花開盡不待剪刀催　洛陽城闕中天起高下遍樓臺絮亂

風輕拂鞍露袖歸路似章街

行香子

舞雪歌雲閑淡粧匀藍溪水染輕裙酒香醺臉粉色生春更雅談話好情性美精神　空江不斷凌波何處向越橋邊青柳朱門斷鍾殘角又送黄昏奈眼中淚心中事意中人

鷓鴣天

學畫宫眉細細長芙蓉出水鬬新粧只知一笑能傾國不信相看有斷腸　雙黄鵠兩鴛鴦迢迢雲水恨難忘早知今日長相憶不及從初莫作雙

近體樂府卷第三

情動於中而形於言人之常也詩三百篇如俟城隅望復關標梅實贈勺藥之類聖人未嘗刪焉陶淵明閑情一賦豈害其爲達而梁昭明以爲白玉微瑕何也公性至剛而與物有情蓋嘗致意於詩爲之本義温柔寛厚所得深矣吟詠之餘溢爲歌詞有平山集盛傳於世曾慥雅詞不盡收也今定

爲三卷且載樂語于首其甚淺近者前輩多謂劉
煇僞作故削之
元豐中崔公度跋馮延巳陽春録謂皆延巳親筆
其間有誤入六一詞者近世桐汭志新安志亦記
其事今觀延巳之詞往往自與唐花門集尊前集
相混而柳三變詞亦雜平山集中則此三卷或甚
浮豔者殆非公之作以作疑以傳疑可也
郡人羅　泌校正

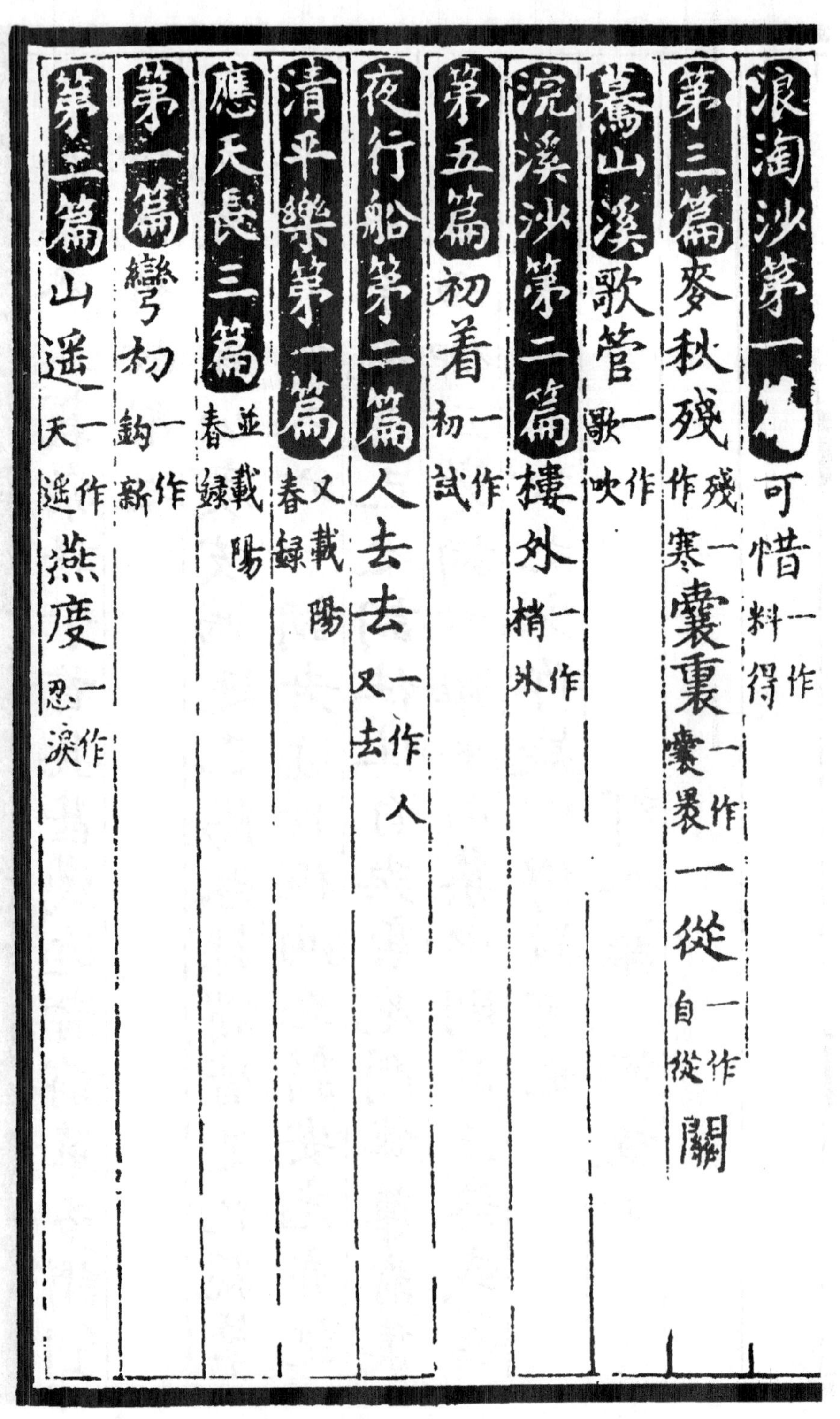

浪淘沙第一[illegible] 可惜一作料得

第三篇 麥秋殘殘一作寒 囊裹一作囊褁 一從一作自從 闕

驀山溪 歌管一作歌吹

浣溪沙第二篇 樓外一作梢外

第五篇 初着一作初試

夜行船第二篇 人去去一作人又去

清平樂第一篇 又載陽春録

應天長三篇 並載陽春録

第一篇 彎初一作鉤新

第三篇 山遥一作天遥 燕度一作忍淚

第三篇 花間集作皇甫松詞 金奩集作温飛卿詞 鶯語 二集並作梅雨 日正午 一作午 春晝問君知也否 諸集並作斷腸君信否

芳草渡 又載陽春錄 澄波 一作清江

更漏子 又載陽春錄 情悄悄 一作雲杳杳

集古録目序

物常聚於所好而常得於有力之彊有力而不好好之而無力雖近且易有不能致之象犀虎豹蠻夷山海殺人之獸然其齒角皮革可聚而有也玉出崑崙流沙萬里之外經十餘譯乃至乎中國珠出南海常生深淵採者罥絙而入水形色非人往往不出則下飽蛟魚金礦于山鑿深而穴遠篝火餱粮而後進其崖崩窟塞則遂葬於其中者率常數十百人其遠且難而又多死禍常如此然而金玉珠璣世常兼聚而有也凡物好之而有力則無不至也湯盤孔鼎岐陽

之鼓岱山鄒嶧會稽之刻石與夫漢魏已來聖君賢士桓碑彝器銘詩序記下至古文籀篆分隸諸家之字書皆三代以来至寶怪奇偉麗工妙可喜之物其去人不遠其取之無禍然而風霜兵火湮淪磨滅散棄於山崖墟莽之間未嘗收拾者由世之好者少也幸而有好之者又其力或不足故僅得其一二而不能使其聚也夫力莫如好好莫如一予性顓而嗜古凡世人之所貪者皆無欲於其間故得一其所好於斯好之已篤則力雖未足猶能致之故上自周穆王以来下更秦漢隋唐五代外至四海九州名山大澤

窮崖絶谷、荒林破塚，神仙鬼物詭怪所傳，莫不皆有，以爲集古録。以謂轉（一作傳）寫失真，故因其石本，軸而藏之。有卷帙次第，而無時世之先後，蓋其取多而未已，故隨其所得而録之。又以謂聚多而終必散，乃撮其大要，别爲録目，因并載夫可與史傳正其闕繆者，以傳後學，庶益於多聞。或譏予曰：物多則其勢難聚，聚久而無不散，何必區區於是哉？予對曰：足吾所好，玩而老焉可也。象犀金玉之聚，其能果不散乎？予固未能以此而易彼也。廬陵歐陽脩序

昔在洛陽，與余遊者皆一時豪儁之士也，而陳郡

謝希深善評文章，河南尹師魯辯論精博，余每有所作，二人者必伸紙疾讀，便得余深意。以示他人，亦或時有所稱，皆非余所自得者也。宛陵梅聖俞，善人君子也，與余共處窮約，每見余小有可喜事，懽然若在諸己。自三君之亡，余亦老且病矣。此叙之作，既無謝、尹之知音，而集録成書，恨聖俞之不見也。悲夫！嘉祐八年歲在癸卯七月二十四日書。

録目記 公子棐

集古録既成之八年，家君命棐曰：吾集録前世埋没缺落之文，獨取世人無用之物而藏之者，豈徒出於嗜好之僻而以爲耳目之玩哉其爲所得亦已多矣故嘗序其説而刻之又跋於諸卷之尾者二百九十六篇序所謂可與史傳正其闕繆者已粗備矣若撮其大要别爲目録則吾未暇然不可以闕而不備也棐退而悉發千卷之藏而考之曰嗚呼可謂詳矣蓋自文武以來迄于五代盛衰得失賢臣義士姦雄賊亂之事可以動人耳目者至於釋氏道家之言莫不皆有然分散零落數千百年而後聚於此則亦可謂難矣其聚之既難則其久也又將遂散而無傳宜公之惜乎此也於是各

取其書撰之人事迹之始終所立之時世而著之爲一十卷以附於跋尾之後夫事必簡而不煩然後能傳于久遠今此千卷之書者刻之金石託之山崖未嘗不爲無窮之計也然必待集録而後著者豈非以其繁一作多而難於盡傳哉故著其大略而不道其詳者公之志也熙寧二年二月記

右集古録序成於嘉祐末年其云有卷帙次第無時世先後蓋取多而未已故隨其所得而録之此公述千卷不以世代爲序之意也又云撮其大要

別爲録目因載夫可與史傳正其闕謬者以傳後學此公述録目跋尾之意也至熙寧二年公之子叔弼記其後云公命棐曰吾跋諸卷之尾者二百九十六篇若撮其大要别爲録目則吾未暇棐乃盡發千卷著其大略自今觀之公序明言别爲録目而棐乃記公未暇之語世傳集古跋十卷四百餘篇而棐乃謂二百九十六篇雖是時公尚無恙後三年方薨然續跋纔十餘耳不應多踰百篇得非寫本誤以三百爲二百或棐記在熙寧之前耶棐又云爲十卷附跋尾之後今録目自爲一書乃

二十卷不過列碑石所在及其名氏歲月初無難者何未暇之有是皆可疑姑以棐所記附公本序之後而自周秦至于五季皆隨年代爲之序庶幾時世先後秩然不紊間有書撰出於一手其歲月相邇則類而次之又於每卷之末備存當時卷帙之次第既以便今亦不失其初云

集古錄序 經十（一作重十）葬於（一作葬于）所貪（一作所好）予固（一作吾固）

集古録跋尾卷第一　歐陽文忠公文集一百三十四

古敦銘　毛伯敦　龔伯彝　伯庶父敦

右毛伯古敦銘，嘉祐中原父以翰林侍讀學士出爲永興軍路安撫使，其治在長安。原父博學好古，多藏古奇器物，能讀古文一作之銘識，考知其人事蹟。而長安秦漢故都，時時發掘所得，原父悉購而藏之。以予方集録古文，故每有所得，必模其銘文以見遺。此敦原父得其蓋於扶風，而有此銘。原父爲予考按其事云：史記武王克商，尚父牽牲，毛叔鄭奉明水，則此銘謂鄭者毛叔鄭也。銘稱伯者，爵也；史稱叔者，字也。敦乃武王時器也葢余集録最後得此銘當作録目序時但有伯冏銘吉日癸巳字最遠故叙言自周穆王以來叙已刻石始得斯一作此銘乃武王時器也其後二銘一得盤匜曰龔伯尊彝其一亦得扶風曰伯庶父作舟姜尊敦皆不知爲何人也三器銘文皆完可識具列如左右真蹟

毛伯敦銘

隹一年正月初吉王在周邵宮

丁亥王各于宣射毛伯內門立

中廷右祝鄭王乎內史冊命鄭

釋文

隹二年正月初吉王在周昭宮丁亥王格于宣射
毛伯入門位中庭右祝鄭王呼内史冊命鄭王曰
鄭昔先王既命女作邑一字未詳五邑祝今余隹亂商

乃命錫女赤芾同冕齊黄鑾旂用事鄭拜稽首敢對揚天子休命鄭用作朕皇考龔伯尊敦鄭其釁壽萬年無疆子子孫孫永寶用享薛尚功釋云惟二年正月初吉王在周邵宮丁亥王格于宣榭毛伯內門立中廷佑祝鄦王呼內史冊命鄦王曰鄦鄦昔先王旣命汝作邑繼五邑祝今余惟嗹京乃命錫汝赤市彤冕齊黄鑾旂用事鄦拜稽首敢對揚天子休命鄦用作朕皇考龔伯尊敦鄦其眉壽萬年無疆子子孫孫永寶用享

龔伯彝銘

釋文

𡩜作皇祖懿公文公武伯皇考龔伯尊彝𡩜其熙萬年無疆霝終霝始其子子孫孫永寶用享于宗室

薛尚功釋云𡩜作皇祖益公文公武伯皇考龔伯𤇾彝𡩜其𣶒萬年無疆令終令命其子子孫孫永寶用享于宗室

伯庶父敦銘

釋文

惟二月戊寅伯庶父作王姑舟姜尊敦其永寶用

薛尚功釋月爲周餘同上

韓城鼎銘

繛綰眉壽乍疐為亟萬年無疆

用享用德畯保其孫子三壽是利

右原甫既得鼎韓城遺余以其銘而太常博士楊南仲能讀古文篆籀爲余以今文寫之而闕其疑者原甫在長安所得古奇器物數十種亦自爲先秦古器記原甫博學無所不通爲余釋其銘以今文而與南仲時有不同故并著二家所解以俟博識君子具之如左 右真蹟

惟王九月乙亥晉姜曰余惟司朕先姑君晉邦余不◯安寧巠雝明德宣◯我猷用◯所辥辟◯◯

◯◯剢虔不◯◯◯◯吕龍我萬民嘉遺我錫鹵

賚千兩勿灋文侯◯◯◯◯◯征緌◯◯堅久

吉金用作寶尊鼎用康頣妥懷遠邦君子晉姜用

蘄◯◯麋壽作惠◯亟萬年無疆用德畯保其孫

子三壽是利

右原父所寫如此

隹惟王九月乙亥晉姜曰余隹惟司嗣同孠朕先姑

君晉邦余不叚敢个作敢者簹夫省妄寍巠經讎雝明德宣

邲疑卹省隸從卹我酎用召匹辝辟娅疑卽母字鬄乆充剌虔

不㒸疑㒸字讀爲墜譜諸覃覃亯享𠂤師辥我萬民嘉遣

我𢓊字疑易圅函或胃字省賚千兩勿灋文侯顒令畢疑畢

字𣪊疑毋字讀為貫㣙通𡰥征緐疑緐字湯𥈤叚受久吉金

用乍作寶尊僔鼎用康𩓗疑西夏字𡜏妥讀為綏襄𨗹切君

子晉姜用𣃔疑旂字讀為祈𦅫綰𥇖疑釁字讀為眉壽丩𨑀眔為

亟極萬年無彊疆用亯享用德畯疑允字保㠱其孫

子三壽是利

右嘉祐己亥歲馮掖有得鼎韓城者摹其款識于

石樂安公以南仲職典書學命釋其字謹按其銘

蓋多古文奇字古文自漢世知者已稀字之傳者

賈逵許慎輩多無其說蓋古之事物有不與後世

同者故不能盡通其作字之本意也其不傳者今或得於古器無所依據難以臆斷大抵古字多省偏旁而趣簡易故佳司巠自乚等字皆假借也鄭司農說周禮云古者書儀但爲義又云古者立位同字古文春秋經公即位爲公即立者是也　敘者進取也从爻故叟疑爲敘　[illegible]母从女而象乳子形故娒疑爲毋而緐讀爲緐　雝用邕聲邕从巛古文作[巛吕]今此雝从水从吕故疑爲雝　魯字古作[illegible]即旅字　古文旅作㫃而[illegible]者字用㫃爲聲蓋古文魯旅者三字通用故譜疑爲諸　易者篆文

象蜥易形故舛疑爲易而讀爲錫爲賜皆以聲假借也鹵从卤古西字中象鹽形胃胃上象胃中穀形故囪胃二字卑者从ナ在甲下ナ今但用左古者尚右故ナ在甲下爲卑故畀疑爲卑亦恐借爲俾讀毌音冠象穿寶貨形貫字从之串或即毌字今毛詩有串夷字俗用爲串穿之串而說文不載豈非毌字之省也故疑串讀爲貫通从辵凡从辵之字多通用故彳疑爲通古語二字相屬者多爲一字書之若秦鍾銘有𡭔小子𡬶四方之字是也卤古西字故鹵疑爲西夏字秦鍾銘亦有此字安字說文無之蓋古綏字省糸尒其後相

承讀如婧故㚣疑讀爲緌　㫃音偃石鼓文皆作𣃘古之旌旂悉載於車故疑䡴卽旂字而从車借讀爲祈近嘗有得敦藍田者二銘皆有用䡴萬𦒷之文故知然也　亹今幡爲許刃而虋芑之虋音門用之爲聲詩鳧鷖　在亹又省爲亹易繫辭亹亹又讀如尾亹門尾眉聲相近又古者字音多與今異徐鉉所謂如自亦音香亹亦音門乃亦音仍乇皆倣此是也　豈亹眉古亦同音歟秦鍾銘亦有亹𦒷字故亹疑爲眉　爲者母猴也从爪而象其形故彖爲爲　𣅝字字書所無而於文埶空爲允蓋用昍省聲也乇字不可識者猶十一二與

其偏旁之異者若肙馬𣶒刃㞢之類皆今所不傳以小篆參求之不能仿佛以今揆之其間或當時書者鑴器者不必無謬誤矣姑盡淺學以塞公命云尒

嘉祐壬寅冬十月太常博士知國子監書學豫章楊南仲識

甞觀石皷文愛其古質物象形埶有遺思焉及得原甫鼎器銘又知古之篆字或多或省或移之左右上下惟其意之所欲然亦有工拙秦漢以來裁歸一體故古文所見者止此惜哉治平甲辰正月

莆陽蔡襄

商雒鼎銘 真蹟

右商雒鼎銘者，原甫在長安時得之上雒，其銘云：「惟十有四月既死霸，王在下都，雝公諴作㠯鼎，用追享丁于皇且考，用气麋壽萬年無疆，子子孫孫永寶用。」雝公不知爲何人，原甫謂古丁寧通用，蓋古字簡略，以意求之則得爾。而蔡君謨謂十有四月者，何原甫亦不能言也。治平元年中伏日書。

古器銘 鐘銘二 𤨏器銘一 字數非全 𤬪銘二 寶敦銘一

右古器銘六，余嘗見其二，曰甗也，寶龢鐘也。太宗皇帝時長安民有耕地得此甗初無識者其狀下爲鼎三足上爲方甑中設銅箄可以開闔製作甚精有銘在其側學士句中正工於篆籀能識其文曰甗也遂藏于祕閣余爲校勘時常閱于祕閣下景祐中修大樂冶工給銅更鑄編鍾得古鍾有銘于腹因存而不毁即寶龢鍾也余知太常禮院時嘗於太常寺安樂命工叩之與王朴夷則清聲合初王朴作編鍾皆不圜至李照等奉詔修樂皆以朴鍾爲非及得寶龢其狀正與朴鍾同乃知朴爲有法也嘉祐八年六月十八日書　右真蹟

同前 綏和鐘 寶盉 寶敦

右古器銘四尚書屯田員外郎楊南仲爲余讀之其一曰綏和林鐘其文磨滅不完而字有南仲不能識者其二曰寶盉其文完可讀曰伯玉般子作寶盉其萬斯年子子孫孫其永寶用其三其四皆曰寶敦其銘文亦同曰惟王四年八月丁亥散季肇作朕王母弟姜寶敦散季其萬年子子孫孫永寶蓋一敦而二銘余家集録所藏古器銘多如此也治平元年七月十三日以服藥假家居書 右真蹟

自余集録古文所得三代器銘必問於楊南仲章友

直暨集録成書而南仲友直相繼以死古文奇字世罕識者而三代器銘亦不復得矣治平三年七月二十一有八字一日有以字孟饗攝事太廟齋宫書右真蹟

終南古敦銘

右終南古敦銘大理評事蘇軾爲鳳翔府判官得古器於終南山下其形制與今三禮圖所畫及人家所藏古敦皆不同初莫知爲敦也蓋其銘有寶尊敦之文遂以爲敦爾右集本

叔高父煮簋銘

右煮簋銘曰叔高父作煑簋其萬年子子孫孫永寶

用原父在長安得此簋於扶風原甫曰簋容四升其形外方内圓而小堶之似龜有首有尾有足有甲有腹今禮家作簋亦外方内圓而其形如桶但於其蓋刻爲龜形一有爾字與原甫所得真古簋不同一有也字君謨以謂禮家傳其説不見其形制故名存實亡原甫所見可以正其繆也故并録之以見君子之於學貴乎多見而博聞也治平元年六月二十日書右真蹟

周穆王刻石

右周穆王刻石曰吉日癸巳在今贊皇壇山上壇山在縣南十三里穆天子傳云穆天子登贊皇一有山字以

望臨城置壇此山遂以爲名癸巳誌其日也圖經所載如此而又别有四望山者云是穆王所登者一作山據穆天子傳但云登山不言刻石然字畫亦奇怪土人謂壇山爲馬蹬山以其乙字形類也慶曆中宋尚書祁在鎮陽遣人於壇山模此字而趙州守將武臣也遽命工鑿山取其字龕于州廨之壁聞者爲之嗟惜也治平甲辰秋分日書 右真蹟

敦匜銘 周姜寳敦 張伯煑匜

右伯囧敦銘曰伯囧父作周姜寳敦用夙夕享用蘄萬壽尚書囧命序曰穆王命伯囧爲周大僕正則此

敦周穆王時器也按史記年表自厲王以上有世次而無年數共和以後接乎春秋年數乃詳蓋自穆王傳共孝懿夷厲五王而至于共和自共和至今蓋千有九百餘年斯敦之作在共和前五世而遠也古之人之欲存乎久遠者必託於金石而後傳其堙沉埋没顯晦出入不可知其可知者久而不朽也然岐陽十鼓今皆在而文字剥缺者十三四惟古器銘在者皆完則石之堅又不足恃是以古之君子器必用銅取其不爲燥濕寒暑所變爲可貴者以此也古之賢臣名見詩書者常爲後世想望矧得其器讀其文器

古而文奇自可寶而藏之邪其後張伯匜銘曰張伯作煮匜其子子孫孫永寶用張伯不知何人也二銘皆得之原父也右集本

敦匜銘 伯囧敦 張仲匜

嘉祐六年原父以翰林侍讀學士出爲永興軍路安撫使其治在長安原父博學好古多藏古奇器物而咸鎬周秦故都其荒基破冢耕夫牧兒往往有得必購而藏之以余方集録古文乃模其銘刻以爲遺故余家集古録自周武王以來皆有者多得於原父也歸自長安所載盈車而以其二器遺余其一曰伯囧

之敦其一曰張仲之匜其形制與今不同而極精巧敦匜皆有銘而云匜獲其二皆有蓋而上下皆銘銘文皆同甚矣古之人慮遠也知夫物必有弊而百世之後埋沒零落幸其一在尚冀或傳爾不然何丁寧重複若此之煩也其於一用器爲慮猶如此則其操修施設所以垂後世者必不苟二子名見詩書伯囧周穆王時人張仲宣王時人太史公表次三代以來自共和以後年世乃詳蓋自共和元年逮今千有九百餘年而穆王又共和前五世可謂遠矣而斯器也始獲於吾二人其中間晦顯出入不可知以其無文

字以志之也蓋其出或非其時而遇或非其人者物有幸不幸也今出而遭吾二人者可謂幸矣不可以不傳故爲之書且以爲贈我之報歐陽脩記 右集本

張仲器銘 集本

張 仲 作 寶 医 奉

之 金 鏤

其 其 其 光 用

揆 熊

用 鬯 大 正 商 王 王

賓 饔 鼎 召 飲

匜盉銘四而文則一今類輯注偏傍之或異者分注釋文四十一字〻其下

張仲受無疆福

飲飲鼎餬

張仲萬壽

張仲作寶簠羹

之金鈇鈗鈙

鑢其熏其玄其

黃用盛諸受燕

米用饗大正音

王賓飧具召飼

張仲受無疆福
必友飧飼鼎寶
張仲畀壽

[illegible]此
釋文五十一字[illegible]見[illegible]此

右張仲器銘四，其文皆同，而轉注偏傍左右或異，蓋古人用字如此爾。嘉祐中，原父在長安獲二古器於藍田，形制皆同，有蓋而上下有銘。甚矣，古人之爲慮遠也！知夫物必有弊，而百世之後埋沒零落，幸其一在，尚冀或傳爾。不然，何丁寧重複（一作復）若此之煩也。詩六月之卒章曰：「侯誰在矣，張仲孝友。」蓋周宣王時人也距今實千九百餘年而二器始復出原甫藏其器予録其文蓋仲與吾二人者相期於二千年之間可謂遠矣方仲之作斯器也豈必期吾二人者哉蓋久而必有相得者物之常理爾是以君子之於道不汲汲而志常在於遠大也原甫在長安得古器數十作先秦古器記而張仲之器其銘文五十有一其可識者四十一具之如左其餘以俟博學君子

石鼓文

右石鼓文岐陽石鼓初不見稱於前世至唐人始盛稱之而韋應物以爲周文王之鼓（一有至字）宣王刻詩（一有

尔字）韓退之直以爲宣王之鼓在今鳳翔孔子廟中鼓有十先時散棄于野鄭餘慶置于廟而亡其一皇祐四年向傳師求於民間得之（一有十鼓二字）迺足其文可見者四百六十五（一有磨滅二字）不可識者過半余所集録文之古者莫先於此然其可疑者三四今世所有漢桓靈時碑往往尚在其距今未及千歲大書深刻而磨滅者十猶八九此鼓按太史公年表自宣王共和元年至今嘉祐八年實千有九百一十四年鼓文細而刻淺理豈得存此其可疑者一也其字古而有法其言與雅頌同文而詩書所傳之外三代文章真蹟在

者惟此而已然自漢已來博古好奇之士皆略而不道此其可疑者二也隋氏藏書最多其志所録秦始皇刻石婆羅門外國書皆有而獨無石鼓遺近録遠不宜如此此其可疑者三也前世傳記所載古遠奇怪之事類多虛誕而難信況傳記不載不知韋韓二君何據而知爲文宣之鼓也隋唐古今書籍粗備豈當時猶有所見而今不見之邪然退之好古不妄者余姑取以爲信爾至於字畫亦非史籀不能作也廬陵歐陽某記嘉祐八年六月十日書　右真蹟

秦度量銘

右秦度量銘二按顔氏家訓隋開皇二年之推與李德林見長安官庫中所藏秦鐵稱權傍有鐫銘二其文正與此二銘同之推因言司馬遷秦始皇帝本紀書丞相隗林當依此銘作隗狀遂録二銘載之家訓余之得此二銘也迺在祕閣校理文同家同蜀人自言嘗遊長安買得一有此字二物其上刻二銘出以示余其一乃銅鍰不知爲何器其上有銘循環刻之乃前一銘也其一乃銅方版可三四寸許所刻乃後一銘也考其文與家訓所載正同然之推所見是鐵稱權而同所得乃二銅器余意秦時兹二銘刻於器物者

非一也及後又於集賢校理陸經家得一銅版所刻與前一銘亦同益知其然也故并録之云嘉祐八年七月十日書 右真蹟

秦昭和鍾銘

右秦昭和鍾銘曰秦公曰丕顯朕皇祖受天命奄有下國十有二公按史記秦本紀自非子邑秦而秦仲始爲大夫卒莊公立卒襄公文公寧公出公武公德公宣公成公穆公康公共公桓公景公相次立太史公於本紀云襄公始列爲諸侯於諸侯年表則以秦仲爲始今據年表始秦仲則至康公爲十二公此鍾

爲共公時作也據本紀自襄公始則至桓公爲十二公而銘鍾者當爲景公也故竝列之以俟博識君子治平元年二月社前一日書 右真蹟

秦祀巫咸神文 一作秦詛文

右秦祀巫咸神文今流俗謂之詛楚文其言首述秦穆公與楚成王事遂及楚王熊相之罪按司馬遷史記世家自成王以後王名有熊良夫熊適熊槐熊元而無熊相據文言穆公與成王盟好而後云倍十八世之詛盟今以世家考之自成王十八世爲頃襄王而頃襄王名横不名熊相又以秦本紀與世家參較

自楚平王娶婦於秦昭王時吴伐楚而秦救之其後歷楚惠簡聲悼肅五王皆寂不與秦相接而宣王熊良夫時秦始侵楚至懷王熊槐頃襄王熊横當秦惠文王及昭襄王時秦楚屢相攻伐則此文所載非懷王則頃襄王也而名皆不同又以十八世數之則當是頃襄然則相之名理不宜繆但史記或失之爾疑相傳寫爲横也右集本

之罘山秦篆遺文集本

右秦篆遺文纔二十一字曰於久遠也如後嗣焉成功盛德臣去疾御史大夫臣德其文與嶧山碑泰山

刻石二世詔語同而字畫皆異惟泰山爲真李斯篆爾此遺者或云麻溫故學士於登州海上得片木有此文豈杜甫所謂棗木傳刻肥失真者邪

秦泰山刻石 一作書李斯篆後 集本

右秦二世詔李斯篆天下之事固有出於不幸者矣苟有可以用於世者不必皆賢聖之作也蚩尤作五兵紂作漆器不以二人之惡而廢萬世之利也篆字二字一作小篆之法出於秦李斯斯之相秦焚棄典籍遂欲滅先王之法而獨以己之所作刻石而示萬世何哉十四字一作至已之所作則爲萬世不可朽之計何其愚哉按史記秦始皇帝行

幸天下凡六刻石及二世立又刻詔書于（一作於）其旁今皆亡矣獨泰山頂上二世（一有此字）詔僅在所（一無二字）存數十字爾今俗傳嶧山碑者史記不載又其字體差大（六字一作其字特大）不類泰山存者其本出於徐鉉（一無此六字）又有別本云（一無此字）出於夏竦家者以今市人所鬻校之無異（一無此十一字）自唐封演已言嶧山碑非真而杜甫直謂棗木傳刻爾皆不足貴也（一無此五字）余友江鄰幾（一作休復）謫官於奉符嘗自至泰山頂上視秦所刻石處云石頑不可鐫鑿不知當時何以刻也然而（二字一作其）四面皆（一有石字）無草木而野火不及故能若此之久（一有

也字然風雨所剥其存者纔此數十字一無此三字而已本鄰幾遺余也比今俗傳嶧山碑本特爲真者爾一無此十九字只作休復字鄰幾

秦嶧山刻石

右秦嶧山碑者始皇帝東巡羣臣頌德之辭至二世時丞相李斯始以刻石今嶧山實無此碑而人家多有傳者各有所自来昔徐鉉在江南以小篆馳名鄭文寶其門人也甞受學於鉉亦見稱於一時此本文寶云是鉉所摹文寶又言甞親至嶧山訪秦碑莫獲遂以鉉所摹刻石於長安世多傳之余家集録别藏

泰山李斯所書數十字尚存以較摸本則見真僞之相遠也治平元年六月立秋日 右真蹟

同前 一作秦二世詔

右鄒嶧山秦二世刻石以泰山所刻較之字之存者頗多而磨滅尤甚其趙嬰楊樛姓名以史記考之乃微可辨其文曰大夫趙嬰五大夫楊樛皇帝曰金石刻盡始皇帝所爲也今襲號而金石刻凡二十九字多於泰山存者而泰山之石又滅盛德二字其餘則同而嶧山字差小又不類泰山存者刻畫完好而附録于 一作於 此者古物難得兼資博覽爾蓋集録成書

後八年得此于一作於青州而附之熙寧元年秋九月六日書右真蹟

前漢二器銘林華宮行鐙一歲月見本文蓮勺宮博山爐

劉原父帖

近又獲一銅器刻其側云林華觀行鐙重一斤十四兩五鳳二年造第一令附墨本上呈

右林華宮行鐙銘一蓮勺宮銅博山爐下槃銘一皆漢五鳳中造林華宮漢書不載宣帝本紀云困於蓮勺鹵中注云縣也亦不云有宮蓋秦漢離宮别館不可勝數非因事見之則史家不能備載也余所集録

古文自周穆王以来莫不有之而獨無前漢時字求之久而不獲每以爲恨嘉祐中友人劉原甫出爲永興守長安秦漢故都多古物奇器埋没於荒基敗冢往往爲耕夫牧豎得之遂復傳於人間而原甫又雅喜藏古器由此所獲頗多而以余方集古文故每以其銘刻爲遺既獲此二銘其後又得谷口銅甬銘乃甘露中造由是始有前漢時字以足余之所闕而大償其素願焉余所集録既博而爲日滋久求之亦勞得於人者頗多而最後成余志者原甫也故特誌之

嘉祐八年歲在癸卯七月二十日書　右真蹟

前漢谷口銅甬銘 歲月見本文

右漢谷口銅甬原父在長安時得之其前銘云谷口銅甬容十其下滅兩字始元四年左馮翊造其後銘云谷口銅甬容十斗重四十斤甘露元年十月計掾章平左馮翊府下滅一字原父以今權量校之容三斗重十五斤始元甘露皆宣帝年號也一有字余所集録千卷前漢時文字惟此與林華行鐙蓮勺博山鑪盤銘爾治平元年六月九日書 右真蹟

前漢鴈足鐙銘 此跋本與漢二器銘銅甬銘共爲一卷

裴如晦帖

煜頃嘗謂周秦東漢往往有銘傳於世間獨西漢無有王原叔言華州片瓦有元光字急使人購得之乃好事者所爲非漢字也侍坐語及公亦謂家集所闕西漢字耳煜守丹楊日蘇氏者出古物有銅鴈足鐙制作精巧因辨其刻則黄龍元年所造其言縈宫二史間未始概見遂摹之欲寄左右以爲集古録之一事會悲苦不果昨偶開篋見之謹以上獻亦聞原甫於秦中得西漢數器不知文字與此類不煜再拜治平元年十二月十四日

後三年余出守亳社而裴如晦以疾卒于京師明年

原甫卒于南都二人皆年壯氣盛相次以殁而余獨巋然而存也熙寧壬子四月右真蹟

後漢西嶽華山廟碑歲月見本文

右漢西嶽華山廟碑文字尚完可讀其述自漢以來云高祖初興改秦滛祀太宗承循各詔有司其山川在諸侯者以時祠之孝武皇帝修封禪之禮廵省五嶽立宫其下宫曰集靈宫殿曰存僊殿門曰望僊門中宗之世使者持節歲一禱而三祠後不承前至於亡新寖用丘虛建武之元事舉其中禮從其省但使二千石歲時往祠自是以来百有餘年所立碑石文

字磨滅延熹四年弘農太守袁逢修廢起頓易碑飾闕會遷京兆尹孫府君到欽若嘉業遵而成之孫府君諱璆其大略如此所謂集靈宫者他書皆不見惟見此碑（一有爾字）則余之集録不爲無益矣（一無此十字）治平元年閏五月十六日書（右真蹟）

後漢樊毅華嶽碑（歲月見本文）

右漢樊毅華嶽碑云泰華之山削成四方其高五千仞廣十里周禮職方氏華謂之西嶽祭視三公者以能興雲雨産萬物通精氣有益於人則祀之故帝舜受堯親自巡省暨夏殷周末之有改秦違其典壁遺

鄗池二世以亡漢祖應運禮遵陶唐祭則獲福亦世克昌亡新滔逆鬼神不享建武之初彗掃頑凶光和二年有漢元舅五侯之胄謝陽之孫曰樊府君諱毅字仲德命守斯邦孟冬十月齋祠西嶽以傳窄狹不足處尊卑廟舍舊久墻屋傾亞特部行事荀班縣令先讜以漸補治此其事也又云功曹郭敏等遂刊玄石銘勒鴻勳其字畫頗完其文彬彬可喜惟以周禮職方氏爲識方氏其字畫分明非訛缺疑當時周禮之學自如此蓋識誌其義皆通也治平元年五月十日書 右真蹟

同前

右漢樊毅修華嶽廟碑云惟光和元年歲在戊午名曰咸池季冬己巳弘農太守河南樊君諱毅字仲德下車之初恭肅神祀西嶽至尊詔書奉祠躬親自往齋室逼窄法齋無所於是與令巴郡朐忍先讜圖議繕故二年正月己卯興就刻兹碑號吏卒挾路據此碑乃即時所立而太守生稱諱者何哉治平元年末伏日書右真蹟

後漢修西嶽廟復民賦碑歲月見本文

右漢修西嶽廟復民賦碑云光和二年十二月庚午

朔十三日壬午弘農太守臣毅頓首死罪上尚書臣
毅頓首頓首死罪死罪謹按文書臣以去元年十一
月到官其十二月奉祠西嶽華山省視廟舍及齋衣
祭器率皆久遠有垢臣以神嶽至尊宜加恭肅輙遣
行事荀班與華陰令先讜以漸繕治成就之又曰讜
言縣當孔道加奉尊嶽一歲四祠養牲百日用穀藁
三千餘斛或有請雨齋禱役費兼倍小民不堪有饑
寒之窘違宗神之敬乞差諸賦復華下十里以内民
租田口臣輙聽盡力奉宣詔書思惟惠利增異復上
臣毅誠惶誠恐頓首頓首死罪死罪上尚書漢家制

廢今不復見惟余家集録漢碑頗多故於磨滅之餘時見一二而此碑粗完故録其首尾以傳臣毅者樊毅也右集本

後漢北嶽碑 歲月見本文 集本

右漢北嶽碑文字殘滅尤甚莫詳其所載何事第其隱隱可見者曰光和四年以此知爲漢碑爾其文斷續不可次序蓋多言珪幣牲酒黍稷豐穰等事似是禱賽之文其後有二人姓名偶可見云南陽冠軍馮巡字季祖甘陵夏方字伯陽其餘則莫可考矣

後漢無極山神廟碑 歲月見本文

右漢無極山神廟碑文字磨滅斷續然尋繹次序其
可見者尚可成文云太常臣躭丞敏頓首上尚書謹
按文書男子常山蓋高上黨范遷爲元氏三公神山
去年五月常山相巡詣山請雨山神卽使高傳言白
國縣卽與封龍靈山無極山共興雲雨常山相巡元
氏令王翊各以一白羊賽復使高與遷俱詣太常爲
無極山神索法食臣疑高遷言不實輒移本國今常
山相巡書言郡督郵言無極山體可三里所立石爲
體長二丈五尺所山周匝二十餘里其三公封龍靈
山皆得法食乞令無極山比三山祠牲出王家以珪

壁爲信愚臣如巡言請少府給珪璧故事須報臣躭愚戇頓首頓首上尚書制曰可尚書令忠奏雒陽宮太常承書從事光和四年八月十七日丁酉尚書令忠下太常躭丞敏下常山相其奏章如此其後遂言造廟事而有銘其文多不載按漢奏章首尾皆言臣某頓首頓首死罪死罪上尚書而此碑所載太常有一奏字章首尾不稱死罪而丞敏又不稱臣莫曉其制碑後又列常山官屬云常山相南陽馮巡字季祖元氏令王翊字元輔云治平元年四月一日書右真蹟

後漢桐柏廟碑歲月見本文

古漢桐柏廟碑磨滅雖不甚而文字斷續粗可考次蓋南陽太守脩廟碑也其辭云延熹六年正月乙酉南陽太守中山盧奴君奴下正闕一字當是其姓又云尊神敬祀立廟桐柏春秋宗禜災異告變水旱請求位比諸侯聖漢所尊一作宗太守奉祀二十餘年不復身至遣丞行事簡略不敬明神弗歆災害以生五嶽四瀆與天合德仲尼慎祭常若神在君準則大聖親之桐柏來見廟祠崎嶇逼狹開拓神門立闕四望增廣壇場又云執玉以沉爲民祈福靈祇報祐天地清和其大意止於如此其後有頌亦可讀第不見太

守姓名爾然不著他事惟修廟祀神爾桐柏淮瀆廟也治平元年六月十三日書　右真蹟

後漢𣪊阮君神祠碑　光和四年

右漢𣪊阮君神祠碑在鄭縣慶曆中樞密直學士施君爲陝西都轉運使爲余模此本云碑文已磨滅初不可辨以麫填其刻稍尋其點畫命工鐫治之乃可讀漢碑今在者類多磨滅不完故斯碑歷歷可見也惟裴曄姓名爲鄉人鑱去矣𣪊阮所以畜洩水患據碑文云自亡新以來廢之則前漢時已有之矣光和中曄爲鄭縣令始修復之事見水經及華州圖經𣪊

吭君祠今謂之五部神廟其像有石隄西戍樹谷五樓先生東臺御史王翦將軍皆莫曉其義施君名昌言今爲涇原路安撫使右集本

集古録跋尾卷第一

古敦銘（録目元第九百四十一）

敦乃武王（下二字一作文武）

韓城鼎銘（元第七百六十一）

亦自（一作脊）

商雒鼎銘（元附九百四十三）

古器銘（元第三百七十一）

存而（一無而字）

同前 元第五百九十一

般子款識法帖無子字斯年款識法帖無斯字八月

款識法帖此下有初古字暨集録一作古

終南古敦銘 元第二百四十一

初莫知爲敦也一無此六字

煮簋銘 元第四十一

煮款識法帖作旅

此簋銘

此腹銘

右一器其銘云叔高父作煮簋其萬年子子孫孫

永寶用其容四升外方內圜而小墷之望之畧似

龜有首有尾有足有腹有甲也今禮家作簋内正圜外正方刻盖正爲龜形猶有近也不全與古同耳

此銘劉原甫在永興得古銅簋模其銘以見寄其後原甫所書也

禮家作簋傳其説不知其形制故名存實亡此器可以正其繆也甲辰正月十二日襄

周穆王刻石（元附七百六十一）

天子登（上二字一作王）此山（一作北山）癸巳（至）如此而（十三字）（一作圖經云癸巳誌其日也）鬃山（一無山字）

敦匜銘（元附八百九十二）

匜（一作匜款識法帖作匜）史記（此下一有本紀二字）治

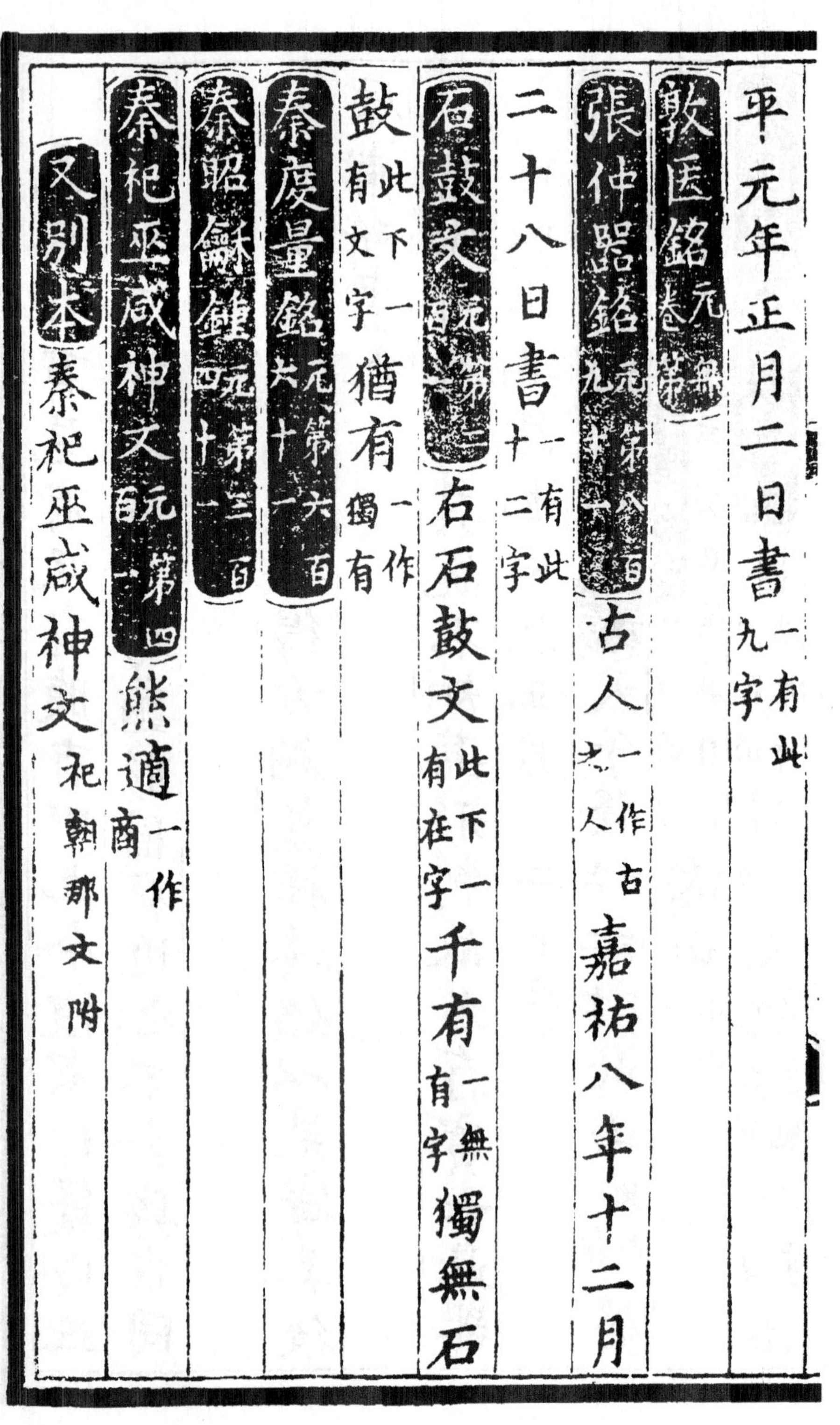

平元年正月二日書（一有此九字）

敦匜銘（元無卷第）

張仲簋銘（元第八百九十一）古人（一作古之人）嘉祐八年十二月二十八日書（一有此十二字）

石鼓文（元第二百一）右石鼓文（此下一有在字）千有（一無有字）獨無石鼓（此下一有文字）猶有（一作獨有）

秦度量銘（元第六百六十一）

秦昭龢鍾（元第三百四十一）

秦祀巫咸神文（元第四百一）熊適（一作商）

又別本 秦祀巫咸神文（祀朝那文附）

右秦祀巫咸神文今流俗謂之詛楚文者一無此字以其言楚王熊相之罪也史記世家楚自成王以後王名一無此二字有熊疑熊良夫熊商熊槐熊元而無熊相詛一作摎文言穆公與成王盟好而後云一無此二字倍十八世之詛盟則秦一無此二字自穆公十八世爲惠文王也又按秦本紀與楚世家自楚平王娶婦於秦其後累世不以兵交至宣王熊良夫時秦始侵楚及惠文王時與楚懷王熊槐屢相攻伐則秦所詛者是懷王也但史記以爲熊槐者失之爾槐相二字相近蓋轉寫之誤當從詛文石刻以相爲

正又有祀朝那湫文其文一無此二字與此同今附于後熙寧三年四月二十三日書

秦篆遺文元第三百六十一

嗣馬石刻作爲臣斯石刻作德此遺一有文字或云一作曰治平元年六月二十日書一有此十字

泰山刻石元第一百三十一

賢聖一作聖賢秦始一無秦字此詔一作詔書余友一有人字嘉祐八年五月十日書一無此九字

嶧山刻石元第九百五十一

而附一無而字

漢二器銘元第八百一十一

茲久一作滋久得於一作得之於

銅甬鴈足鐙銘元附八百二十一

華山廟碑元第八百四十一

如此此下一有其記漢祠四岳事見本末十字

華嶽碑（元第七百二十一） 享（古碑作亨）班（古碑作斑） **同前**（元第三百一）

復民賦碑（元第二百一十一） 西（一作華）嶽廟（此下一有請字）荀班（古碑作斑）就之（此下一有後仍雨甘雪五字）口（一有算字）治平元年六月十四日書（一有此十字）

北嶽碑（元第七百三十一） 考矣（一作也）治平元年五月十日書（一有此九字）

無極山神廟碑（元第四百九十一） 愚臣（古碑作臣）請少府（一作請以少府）

祠柏廟碑（元第一百九十一） 又云（一無此二字）災害（一作異）

殽阬神祠碑（元第二百九十一） 在（一作今在或作在今）斯碑（二字上一有獨字）復之（此下一有時字）治平元年二月一日書（一有此九字）

集古録跋尾卷第二　歐陽文忠公集一百三十五

後漢堯母碑　歲月見本文

右漢堯母碑漢建寧五年造其文略曰堯母慶都感赤龍而生堯遂以侯伯愀踐帝闕下有慶都僊没蓋葬于兹欲人莫知名曰靈臺上立黄屋堯所奉祠三代改易荒廢不修漢受濡期興滅繼絶如堯爲之遂遺亡新禮祠絶矣故廷尉姓名磨滅不可讀矣深惟大漢堯之苗胄當修堯祠追遠復舊前後奏上帝納其謀歲以春秋奉大牢祠時濟陰太守魏郡審晃成陽令博陵管遵各遣大掾輔助字闕一君經之營之不日成之此其

大槩也按皇覽云堯冢在濟陰城陽吕氏春秋云堯葬穀林皇甫謐云穀林即城陽然自史記地志及水經諸書無堯母葬處惟見於此碑蓋亦葬城陽也而諸書俗本多爲城陽獨此碑爲成陽當以碑爲正碑後列當時人名氏又云審晃字元讓管遵字君臺又云漢受濡期莫曉其義也右集本

後漢堯祠碑歲月見本文

右漢堯祠碑在濟陰碑云帝堯者蓋昔世之聖王也又曰聖漢龍興纂堯之緒祠以上儀至于王莽絶漢之業而壇場夷替屏懾真蹟作攝無位大抵文字磨滅

字雖可見而不復成文其後有云李樹連理生於堯祠太守河南張寵到官始初出錢二千敬致禮祠其餘不能一作可讀也碑後有年月蓋熹平四年建也治平元年五月晦日書真蹟

後漢堯祠祈雨碑 歲月見本文

右漢堯祠祈雨碑首尾殘滅其僅可識者有云股肱賢良廣祈多福虔虔夙夜又云常以甲子日詔太常陳上古之禮舞先王之樂又云延熹十年仲春二月陽氣侵陰又云享祀羣神仰瞻雲漢又曰嘉澍優霑利茂萬物又云孟府君知堯精靈與天通神修治大

殷以此知爲祈雨於堯祠也堯祠在漢濟陰郡孟府君者當是濟陰郡太守也其餘隸字完者頗多亦往往成句但斷續不可次序爾右集本

後漢老子銘歲月見本文

右漢老子銘按桓帝本紀云延熹八年正月遣中常侍左悺之苦縣祠老子至十一月又遣中常侍管霸祠之而此碑云八月夢見老子而祠之世言碑銘蔡邕作今檢邕集無此文皆不可知也右真蹟

後漢魯相置孔子廟卒史碑歲月見本文

右漢魯相置孔子廟卒史碑云司徒臣雄司空臣戒

稽首言魯前相瑛書言詔書崇聖道孔子作春秋制孝經演易繫辭經緯天地故特立廟褒成侯四時來祠事已即去廟有禮器無常人掌領請置百石卒史一人典主守廟謹問太常祠曹掾馮牟史郭玄辭對故事辟雍祠先聖太宰太祝各一人備爵太常丞監祠河南尹給牛羊豕大司農給米臣愚以爲如瑛言可許臣雄臣戒愚戇誠惶誠恐頓首頓首死罪死罪臣稽首以聞制曰可按漢書元嘉元年吴雄爲司徒二年趙戒爲司空即此云臣雄臣戒是也魯相瑛者據碑言姓乙字仲卿漢碑在者多磨滅此幸完可讀

録之以見漢制三公奏事如此與羣臣上尚書者小異也又見漢祠孔子其禮如此治平元年六月二十日書 右真蹟

後漢修孔子廟器碑一作表歲月見本文

右漢一有朝字韓明府修孔子廟器碑云永壽二年青龍二字一作歲在涒灘霜月之靈皇極之日永壽桓帝年號也按爾雅云歲在申曰涒灘桓帝永興三年正月戊申大赦改元永壽明年一有歲次二字丙申曰歲在涒灘是矣云霜月之靈皇極之日莫曉其義疑是九月五日

前漢文章之盛庶幾三代之純深自建武以後頓爾

衰薄崔蔡之徒擅名當世然其筆力辭氣非出自然與夫楊馬之言醇醨異味矣及其末也不勝其弊覇月皇極是何等語韓明府者名勑字叔節前世見於史傳未有名勑者豈自余學之不博乎春秋左氏傳載古人命名之說不以爲名者頗多故以勑爲名者少也治平元年二月晦日書　右真蹟

後漢魯相晨孔子廟碑　歲月見本文

右漢魯相上尚書章其略云建寧二年三月癸卯朔七日己酉魯相臣晨長史臣謙頓首死罪上尚書臣晨頓首頓首死罪死罪臣以元年到官行秋饗飲酒

泮宫復禮孔子宅而無公出酒脯之祠臣輒依社稷出王家穀春秋行禮建寧靈帝年號也於此見漢制天子之尊其辭稱頓首死罪而不敢斥至尊因尚書以致達而已余家集録漢碑頗多亦有奏章患其磨滅獨斯碑首尾完備可見當時之制也又云孔子乾坤所挺西狩獲麟為漢制作故孝經援神契曰玄丘制命帝卯行又尚書考靈耀曰丘生倉際觸期稽度為赤制讖緯不經不待論而可知甚矣漢儒之狹陋也孔子作春秋豈區區為漢而已哉治平元年三月廿五日書　右真蹟

後漢碑陰題名 歲月未詳

右漢碑陰題名不知爲何人碑余家集録古文既多或失其所得之自然漢碑存於今者惟華嶽與孔子廟最多其陰往往列修廟人姓名并記其所出錢數不過三百至五百今斯碑所題文字缺滅而中間有錢各五百四字則似是修廟人所記其人可見者有濟陰定陶蔡顥子盛山陽金鄉張誘季德河南宛陵趙堂世萇南陽南鄉鄧升升遠濟陰成武周鳳季節而其餘人姓名邑里多不完又時時有故吏字不知爲何人祠廟第以漢隸難得録之爾治平元年閏五

月八日書右真蹟

同前

右漢碑陰題名不知爲何碑之陰蓋余家集録既多而或失其所得之處又其文字磨滅莫可考究惟有錢各五百四字似是漢時修廟人爾漢碑今在者惟華嶽與孔子廟中最多其碑陰題名者往往各書所出錢數不過三百五百也而此碑所列邑里姓名字完可見者尚十餘人然皆是濟陰山陽彭城汝南陳留人則疑爲修孔子廟人也今列于後覽者可以察焉濟陰定陶蔡顥子盛濟陰張翔季審陳留酸棗李

直顯節山陽金鄉張謗季德河南宛陵趙堂世萇南陽南鄉鄧升升遠濟陰成武周鳳季節山陽昌邑田亂元尊濟陰成武史楞世明彭城朱翔元舉右真蹟

同前

右漢碑陰題名二皆不知爲何碑陰其人各記所出錢數似是漢時修廟人題名余家集録華嶽及孔子廟碑多如此此亦疑是二廟中碑前碑殘滅尤甚第時有門生濟南東郡等字而姓名無復完者後碑則有議曹功曹騎吏有蓮勺左鄉有秩池陽左鄉有秩池陽集丞有秩皆不知是何名號又有關字一陽侯長

祋祤候長則是縣吏之名其隷字不甚精又無事實可考姑録其名號以俟知者爾 右集本

後漢張公廟碑 歲月見本文 真蹟

右漢張公廟碑在黎陽而碑無題首又其文字殘滅不可考究莫知爲何碑第時時得其字之可識而僅成文者曰惟和平元年正月丙寅和平桓帝年號以此知爲漢碑也又曰豊碑廟堂之前又曰於穆張公則又知爲張公廟碑矣又云國無災祲屢獲豊年作歌九章頌公德芳其辭有云公與守相駕蜚魚往来倏忽遠熹娱祐此圵民寧厥居其餘字畫尚完者甚

多但不成文爾治平元年閏五月九日書是日奏事垂拱退召赴延和閣謝契丹禮物遂歸休

後漢公昉碑一作仙人唐君碑歲月失詳

右漢公昉碑者廼漢中太守南陽郭芝爲公昉修廟記也漢碑今在者類多磨滅而此記文字廑存可讀所謂公昉者初不載其姓名但云君字公昉爾又云耆老相傳以爲王莽居攝二年君爲郡吏啖瓜旁有真人一有居字左右莫察君獨進美瓜又從而敬禮之真人者遂與期谷口山上乃與君神藥曰服藥以後當移意萬里知鳥獸言語是時府君去家七百餘里休

謁往来轉景即至閬郡驚烏白之府君徙爲御史一作吏鼠齧被具君乃畫地爲獄召鼠誅之視其腹中果有被具府君欲從學道頃無所進府君怒敕尉部吏收公昉妻子公昉呼其師告以厄其師以藥飲公昉妻子曰可去矣妻子戀家不忍去於是乃以藥塗屋柱飲牛馬六畜須臾有大風雲來迎公昉妻子屋宅六畜翛然與之俱去其説如此可以爲怪妄矣嗚呼自聖人殁而異端起戰國秦漢以来一作之際奇辭怪説紛然爭出不可勝數久而佛之徒来自西夷老之徒起於中國而二患交攻爲吾儒者往往牽而從之其

卓然不惑者僅能自守而已欲排其說而黜之常患乎力不足也如公昉之事以語愚人豎子皆知其妄矣不待有力而後能破其惑也然彼漢人乃刻之金石以傳後世其意惟恐後世之不信然後世之人未必不從而惑也治平元年四月二十三日以旱開宮寺祈雨五日中一日休務假書 右真蹟

後漢析里橋郙閣頌 歲月見本文

右漢析里橋郙閣頌建寧五年立云惟斯析里處漢之右溪源漂疾橫注于道涉秋霖瀌稽滯商旅休謁往還常失日晷行理咨嗟郡縣所苦斯溪既然郙閣

尤甚臨深長淵三百餘丈接木相連號爲萬柱遭遇隤納人物俱隋一作隳沈没洪淵酷烈爲禍於是太守阿陽李君諱會字伯都以建寧三年二月辛巳到官思惟惠利有以綏濟聞此爲難其日久矣乃俾府掾仇審改解危殆即便求隱析里大橋於爾乃造又醳散關之嶃漯徙朝陽之平燦減西高閣就安寧之石道禹導江河以靖四海經紀厥績艾康萬里乃作頌曰頌後又有詩皆磨滅不完其云遭遇隤納又云醳散關之嶃漯徙朝陽之平燦刻畫適完非其訛繆而莫詳其義疑當時人語與今異又疑漢人用字簡略

假借不同爾故録之以俟博識君子治平元年六月十日書右真蹟

後漢人闕銘歲月未詳　真蹟

右漢人闕銘二其一曰永樂少府賈君闕其一曰雒陽令王君闕二者皆不知爲何人按漢書桓帝母孝崇匽皇后居永樂宫和平元年詔置太僕少府如長樂故事又按顔師古注地里志曰魚豢真蹟誤作豢云漢火行忌水故去洛水加隹師古謂光武以後始改爲雒然則二人者皆後漢時人也又按漢官儀長樂少府以官者爲之則賈君者蓋亦宦者也治平元年九

月十五日書

後漢文翁石柱記 歲月見本文

右漢文翁石柱記云漢初平五年倉龍甲戌昊天季月修舊築周公禮殿始自文翁開建泮宮據顔有意益州學館廟堂記云按（一無此字）華陽國志文翁爲蜀郡守造講堂作（一無此字）石室一名玉堂安帝永初間烈火爲災堂及寺舍並皆焚燎惟石室獨存至獻帝興平元年太守高朕於玉堂東復造一石室爲周公禮殿有意又謂獻帝無初平五年當是興平（四字一作當如華陽志爲興平）元年蓋時天下喪亂西蜀僻遠年號不通故仍稱

舊號也今檢范曄漢書本紀初平五年正月改爲興平顏説是也治平元年六月十三日書右真蹟

後漢文翁學生題名

右漢文翁學生題名凡一百有八人文學祭酒典學從事各一人司儀主事各二人左生七十三人右生三十人文翁在蜀教學之盛爲漢稱首其弟子著籍者何止於此蓋其磨滅之餘所存者此爾治平元年六月二十日書右真蹟

後漢泰山都尉孔君碑歲月見本文

右漢泰山都尉孔君碑云君諱宙字季將二字一作秀特孔

子十九世之孫也年六十一延熹四年正月乙未以疾卒一有子家二字其存官閥甚簡又或殘滅不完但見其舉孝廉爲郎遷元城令遂爲泰山都尉爾其辭有云躬忠恕以及人兼禹湯之罪己宙人臣而引禹湯以爲比在今人於文爲不類蓋漢世近古簡質猶如此也治平元年閏五月二十一日書右真蹟

後漢孔宙碑陰題名

右漢孔宙碑陰題名漢世公卿多自教授聚徒常數百人其親授業者爲弟子轉相傳授者爲門生今宙碑殘缺其姓名邑里僅可見者纔六十二人其稱弟

子者十人門生者四十三人故吏者八人故民者一人宙孔子十九世孫爲泰山都尉自有録治平元年閏五月二十一日書　右真蹟

後漢孔君碑　歲月見本文　真蹟

右漢孔君碑其名字磨滅不可見而世次官閥粗可考云孔子十九代孫穎川君之元子也舉孝廉除郎中博昌長遭太守君憂服竟拜尚書侍郎治書御史博陵太守遷下邳相河東太守建寧四年十月卒其餘文字歷歷可讀以其斷絶處多文理難續故不復盡録然其終始略可見矣惟其名字皆亡爲可惜也

治平元年五月十日書

後漢孔德讓碑一作碣 歲月見本文

右漢孔德讓碑蓋其名已磨滅但云字德讓者宣尼公二十世孫都尉君之子也仕歷郡諸曹史年二十永興二年七月遭疾不禄碑在今兗州孔子墓林中永興孝桓帝年號也一有都尉者宙也五字其人二字一作德讓早卒無事蹟可考余集録所藏一有獨闕二字孔林中漢一無此字碑最後得此遂無遺者蓋以其文字簡少無事實故世人遺而不取獨余家有之也治平元年閏五月二十日書 右真蹟

後漢劉寬碑 中平二年

右漢太尉車騎將軍特進逯鄉二字一作封昭烈侯劉公碑公諱寬有兩碑皆在洛陽余家集録皆得之其一故吏李謙所一作等立而此碑門生殷包等所一無此字立其所書與李謙等一作碑所載不異惟漢隸難得當録二字一作故録之漢公卿一有卒字故吏門生各自立碑以伸感慕惟見於此今人家碑碣非其子孫則他人不爲立也治平元年六月十四日書 右真蹟

後漢太尉劉寬碑 同前

右漢太尉劉寬碑漢書有傳其官閥始卒與碑多同

而傳載遷官次序頗略蓋史之所記善惡大事官次雖小略不足爲失惟其繆誤與闕其大節不可不正碑云大將軍以禮脅命拜侍御史遷梁令三府並用博士徵皆不就司隸校尉舉其有道公車徵拜議郎司徒長史而傳但云大將軍辟五遷司徒長史今據碑止四遷爾博士未嘗拜也碑於長史下遂云入登侍中延熹八年地震有詔詢異而拜尚書遷南陽太守拜太中大夫復拜侍中屯騎尉宗正光禄勳遂授太尉傳至太中大夫始云遷侍中其前自長史入登侍中史闕書也碑又云因疾遜位拜光禄大夫遷衛

尉復作太尉而傳云以日食免拜衛尉以日食免當從傳爲正而不書光禄大夫史闕也其餘皆同故不復録右集本

後漢太尉劉寬碑陰題名歲月見本文

右漢太尉劉寬碑陰題名寬碑有二其故吏門生各立其一也此題名在故吏所立之碑陰其别列於後者在寬子松之碑陰也寬以漢中平二年卒至唐咸亨元年其裔孫湖一作胡城公奭以碑歲久皆仆于野爲再立之并記其世序嗚呼前世士大夫世家著之譜牒故自中平至咸亨四百餘年而奭能知其世次

如此之詳也蓋自黃帝以來子孫分國受姓歷堯舜三代數千歲間詩書所紀皆（一有各字）有次序豈非譜繫源流傳之百世而（一無此字）不絕歟此古人所以爲重也不然則士生於世皆莫自知其所出而昧其世德遠近其所以異於禽獸者僅能識其父祖爾其可忽哉唐世譜牒尤備士大夫務以世家相高至其弊也或陷輕薄婚姻附託邀求貨賂君子患之然而士子修飭喜自樹立兢兢惟恐墜其世業亦以有譜牒而能知其世也今之譜學亡矣雖名臣巨族未嘗有家譜者然而俗習苟簡廢失者非一豈止家譜而已哉嘉

祐八年七月二十九日書右真蹟

後漢楊震碑歲月未詳

右漢楊震碑首題云漢故太尉楊公神道碑銘文字殘缺首尾不完其可見而僅成文者云聖漢龍興神祇降祉乃生于公又云窮神知變與聖同符鴻漸衡門一作于羣英雲集又云貽我三魚以章懿德又云大將軍辟舉茂材除襄城令遷荆州刺史東萊涿郡太守又云司徒太尉立朝正色恪勤竭忠其餘字存者多而不復成文矣治平元年六月十日書右真蹟

後漢楊震碑陰題名

右漢楊震碑陰題名者一百九十人其餘磨滅不完者又十餘人余家所録漢碑陰題名頗多或稱故吏門生弟子或稱從事曹掾之類其人皆著州縣邑里名字甚詳獨此碑所書簡略直云河間賈伯錡博陵劉顯祖之類凡百九十人者皆然疑其所書皆是字爾蓋後漢時人見於史傳者未嘗有名兩字者也漢隸世所難得幸而在者多殘滅不完獨此碑刻畫完具而隸法尤精妙甚可喜也治平元年中伏日書真蹟

後漢沛相楊君碑 歲月見本文 真蹟

右漢沛相楊君碑在閿鄉楊震墓側碑首尾不完失

其名字按後漢書震及中子秉秉子賜賜子彪皆有傳又云震長子牧富波相牧孫奇侍中奇子亮陽成亭侯又云少子奉奉子敷敷子衆務亭侯又有彪■子脩楊氏子孫載于史傳者止此爾不知沛相爲何人也碑云孝順皇帝西巡以掾史召見拜郎中遷常山長史换犍爲府丞宰司累辟應于司徒州察茂才遷鮦陽侯相後拜議郎五官中郎將沛相年五十六建寧元年六月癸丑遘疾而卒其終始尚可見而惜其名字亡矣治平元年六月十日書

後漢繁陽令楊君碑熹平中

右漢繁陽令楊君碑首尾不完文字磨滅可識者四百三十字不可識者六十一字碑云君遭叔父太尉薨委榮輕舉吏民攀轅守關上書運穀萬斛助官賑貧以乞君還又云（一作君）富波君之子按漢書楊震子牧爲富波相君迺牧子也叔父太尉者秉也出米乞令前史所無惜其名字磨滅不可見矣嘉祐八年十月廿三日書（右真蹟）

後漢高陽令楊君碑（歲月未詳）

右漢高陽令楊著碑首尾不完而文字尚可識云司隷從事定穎侯相最後爲菩侯相善上一字磨滅不

可見蓋其中間甞爲高陽令而碑首不書最後官者不詳其義也按楊震碑高陽令著震孫也今碑在震墓側也一有字右真蹟

後漢楊君碑陰題名真蹟

右漢楊君碑陰題名首尾不完今可見者四十餘人楊震子孫葬閿鄉者數世碑多殘缺此不知爲何人碑陰其後有云右後公門生又云右沛二字集本作後史君門生沛君疑是沛相者自有碑而亡其名字矣後公亦不知爲何人也治平元年六月十日書

同前真蹟

右漢楊君碑陰題名凡一百三十一人有稱故吏者故民者處士者故功曹史者故門下佐者類例不一似當時人各隨意書之而文字磨滅僅可讀其姓名字俱完可識者八十三人其餘或在或亡蓋後漢楊震墓域中碑也楊氏墓在閺鄉有碑數斤皆漢世所立余家集録得其四震及沛相繁陽高陽令碑并得碑陰題名然一有爾字得時參錯不知爲何碑之陰也其名氏可見者當時皆無所稱述顧其人亦不足究考第以漢隷真蹟金石所傳者至今類多磨滅可惜故録之爾治平元年三月晦日書

後漢碑陰題名

右漢碑陰題名在閿鄉楊震墓側文字磨滅不復可考其僅可見者曰候長汾陰趙遺子宣候上滅一字又曰故督郵曹史縣功曹鄉部吏柏昱等人名鄉上又滅一字又曰西鄉亭長柏昱子政又曰鄉亭長翟國相如鄉上又滅一字又曰麟都亭長陰定安定谷口亭長方文雅方上又滅一字東門亭長梁忠子孝四望亭長吳鴻子名麟武亭長常曷君宣其餘缺裂不完蓋楊氏子孫當時皆葬閿鄉碑碣往往磨滅此不知爲誰碑也治平五年五月廿日謝雨致齋于太

杜書右真蹟

後漢楊公碑陰題名真蹟

右漢楊公碑陰題名楊氏世葬閿鄉墓側皆有碑今其存者四余家集録皆得之乃太尉沛相高陽繁陽令也此碑陰者不知爲何人碑文字殘缺其僅存者十五人又滅其一其在者十四人曰懷陵園令相蔣禧字武仲宜禄長蕭劉瑞字仲祐孝廉杼秋劉旭字子明太官日丞譙曹臻字建國辭曹史鄲公孫銀字山根門下書佐史韓純字子敬豐畢珮字廣世鄲孟縱字河雒決曹書佐鄲公孫暘字元暘皆稱故吏又

有故吏一二無字贊陳俊字仲顯蘄夏陽字儀公蘄兒銀字伯玉杼秋劉順字子選沛周儀字帛民凡五人皆不著職一有故吏四字但稱而孟縱字河雒周儀字帛民文字皆完非訛繆而莫曉其義也治平元年六月十四日書

後漢殘碑陰歲月未詳

右漢殘碑陰前後二字一作亦磨滅不知爲何人碑其知爲漢碑者蓋其隸字非漢人莫能爲也其字僅可見者尚數十而姓名完者九人曰王伯卿趙仲方賈元周王景陽賈元輔宗石處王仲宣馬安國王通國皆

無官號邑里莫知爲何人惟漢隸在者少爲難得故録之治平元年五月十八日書（右真蹟）

後漢朔方太守碑陰（歲月見本文）

右漢朔方太守碑陰題名（一無此字）云永壽二年朔方太守上郡仇君察察下滅一字除郎中大曲長大下又滅一字延熹四年九月乙酉詔書遷衙令五年正月到官奉見明府見下又滅一字立祠刊石表章大聖之遺靈永示來世之未（一作末）末下又滅一字謹出錢千千下又滅兩字者下行因紀姓名（一無七字）據此乃當時修廟出錢人爾今其姓名往往可見云衙鄉三老

時勤伯秋上官鳳季方録事史楊禹孟布衙主記椽楊綏子長門下功曹裴篤伯安倉曹掾任就子優又有集曹掾軍（一作君）假司馬之類名字多不完其所出錢不過三百至五百蓋漢世物輕幣重今華嶽孔子廟碑陰所列亦皆如此其所立祠蓋不知爲何廟也

治平元年夏至日書（右真蹟）

後漢劉曜碑（一有并陰二字）（歳月未詳　真蹟）

右漢劉曜碑在今鄆州界中文字磨滅僅有存者云諱曜字季尼年七十三其餘爵里官閥卒葬歳月皆不可見字爲漢隷亦不甚工惟其銘云天臨大漢錫

以明愍碑首題云漢故光禄勳東平無鹽劉府君之碑以此知爲漢碑也治平元年四月一日書

後漢北海相景君銘 歲月見本文

右漢北海相景君銘其碑首題云漢故益州太守北海相景君銘其餘文字雖往往可讀而漫滅多不成文故君之名氏邑里官閥皆不可考 一作見 其可見者云惟漢安二年北海相任城府君卒城下一字不可識當爲景也漢功臣景丹封櫟陽侯傳子尚尚傳子苞苞傳子臨以無嗣絶安帝永初中鄧太后紹封苞弟遽爲監亭侯以續丹後自是而後史不復書而他

景氏亦無顯者漢安順帝年號也君卒於順帝時蓋與遽同時人也碑銘有云不永麋壽余家集録三代古器銘有云眉壽者皆爲麋蓋古字簡少通用至漢猶然也治平元年四月二十九日書右真蹟

後漢謁者景君碑

右漢景君碑尤磨滅惟謁者任城景君數字尚完其餘班班可見者皆不能成文故其年世壽考功行卒葬莫可考也蓋漢隸今尤難得其磨滅之餘可惜爾右集本

後漢景君石郭銘

右景君石槨銘者余既得前景君碑又得此銘皆在任城不知一景君乎將任城景氏之族多耶文字磨滅不可考故附于此熙寧三年正月朔旦山齋記右真蹟

後漢袁良碑歲月見本文

右漢袁良碑云君諱良字卿卿上一字磨滅陳國扶樂人也厥先舜苗世爲封君周興虞閼父自此而滅又云薾爲陳侯至玄孫濤塗以字立姓曰袁自此又滅又云當秦之亂隱居河洛高祖破項實從其册天下既定還宅扶樂蓋不知爲何人也又云孝武征和

三年曾孫斬賊先勇拜黃門郎曾孫滅其名賊下亦一作又滅一字又曰封關内侯食遺鄉六百戶甍子經嗣經甍子山嗣傳國三世至王莽而絶君即山之曾孫也舉孝廉郎中謁者將作大匠丞相令廣陵太守討江賊張路等威震徐方謝病歸家孝順初初下數字滅一作滅數字又云府舉君拜議郎符節令其後又云永建六年二月卒其碑首題云漢故國三老袁君碑而碑文有使者持節安車又有几杖之尊袒割之養君寔饗之之語以此知良嘗爲三老矣其餘磨滅雖時時可讀而不能次第也又云帝御九龍殿引對飲

宴九龍殿名惟見於此治平元年五月二十九日夏至假書右真蹟

後漢張平子墓銘永和四年

右漢張平子墓銘世傳崔子玉撰并書按范曄漢書張衡傳賛云崔子玉謂衡數術窮天地制作侔造化此銘有之四字一作今銘有此語則真子玉作也其刻石爲二本一在南陽一在向城天聖中有右班殿直趙球者知南陽縣事因治縣署毁馬臺得一石有文驗之廼斯銘也遂龕于聽事之壁其文至凡百君子而止其後一有半字亡矣其在向城者今尚書屯田員外郎謝景

初得其半於向城之野，自凡百君子已上則亡矣（三字一作其前半亡矣）。今以二本相補續其文，遂復完，而闕其最後四字。然則昔人爲二本者，不爲無意矣。據徐方回所記二十一字，廼趙球所得南陽石之亡者（二十一字一作唐寶應中有徐方回者别得二十一字云是銘最後文疑球所得南陽石之半亡者爾），今不復見，則又亡矣，惜哉！嘉祐八年歲在癸卯十月十八日書。

右真蹟

集古録跋尾卷第二

堯母碑 元第四百六十一

堯母 一有祠字 恢踐帝 一有宫字 奉祠 一作祀 讀矣 一無矣字 諸書 此下一有皆字 嘉祐元年三月二十九日書 一有此十一字

堯祠碑 元第七百九十一

屏懾 真碑及公跋皆作屏懾或因國語并左氏傳疑懾爲攝非

祈雨碑 元第九百六十一

又曰 一作云 斷續 一作絕 治平元年六月六日書 一有此九字

老子銘 元第一百六十一

置孔子廟卒史碑 元第三百九十一

辟雍 一作廱碑作雝

修孔子廟器碑 元第三百五十一

莫曉 莫字上一有者字

孔子廟碑 元第四百七十一

碑陰題名元第八百一 斯碑（一無碑字）世萇（一作長）

同前元第八百二十一 又有（此下闕一夏字）治平元年閏五月九日書（一有此十字）

張公廟碑元第八百二十一 從寢（一作寇）

公昉碑元第五百七十一 府君（一無君字）君徙（碑作徙）

鄘閣頌元第九百八十一 府掾（碑作官掾）衡 徙朝（碑作從朝）經紀（碑作記）

後漢人闕銘元第七百八十一 人也（一無也字）

石柱記元第一百二十一

文翁學生題名元第六十一

都尉孔君碑元第三百八十一 宙人臣（一作宙爲人臣）此也（一無也字）

孔宙碑陰題名元第八百六十一

孔君碑元第七百一

孔德讓碑元第八百五十一漢碑最一作碑最多

劉寬碑元第二百七十一敦包古碑作苞

太尉劉寬碑元第二百六十一漢書二字上一有寬字善惡大事事一作節與闕其大節一無五字舉其有道四字一作舉茂林太尉舉有道而拜一作轉拜屯騎此下一有校字治平元年六月十四日書一有此十字

劉寬碑陰題名元第五百二十二

楊震碑元第九十一降社一作祚

楊震碑陰題名元第八百七十一

沛相楊君碑元第十一長子一無長字

右漢楊君碑者其名字皆已磨滅惟其銘云明明楊君其姓尚可見爾其官閥始卒則粗可考云孝順皇帝西巡以掾史召見帝嘉其忠臣之苗器其璵璠之質詔拜郎中遷常山長史換犍爲府丞非其好也廼翻然輕舉宰司累辟應于司徒州察茂材遷鮦陽侯相金城太守南蠻蠢迪王師出征拜車騎將軍從事軍還策勳復以疾辭後拜議郎五官中郎將沛相年五十六建寧元年五月癸丑遘疾而卒其終始頗可詳見而獨其名字泯滅爲可

惜也是故余嘗以謂君子之垂乎不朽者顧其道如何爾不託於事物而傳也顏子窮臥陋巷亦何施於事物耶而名光後世物莫堅於金石蓋有時而弊也治平元年閏五月二十八日書（此與前本不同故兩存之）

繁陽令楊君碑（元第一百一）

高陽令楊君碑（元第一百十一）

楊君碑陰題名（元第二十一）

亦不知爲（一作不知其爲）

同前（元第四百八十一）

楊君（一作氏）史者（一無者字）

同前（元第七百四十一）

五年（一作元年）

同前（元第二百二十一）

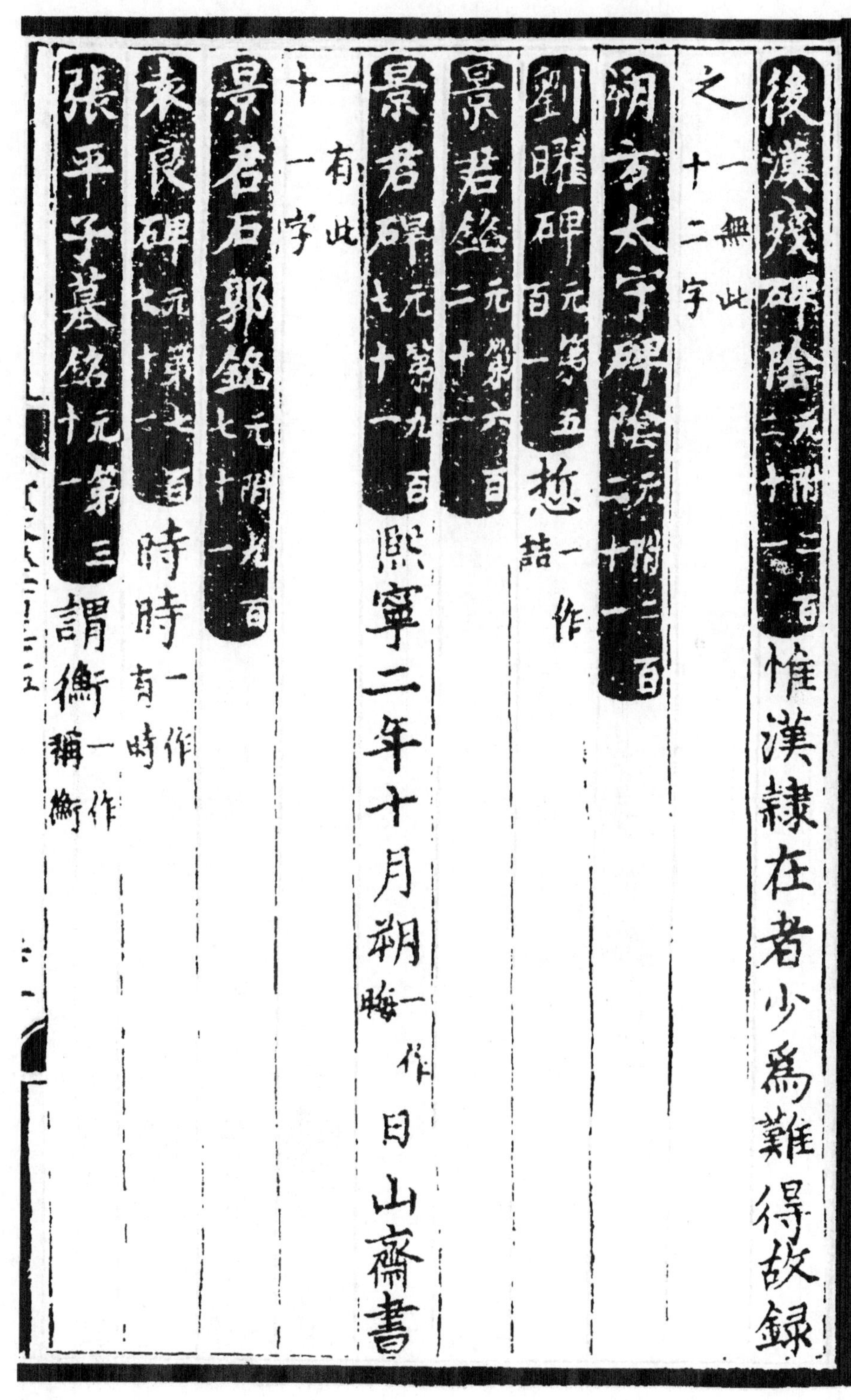

後漢殘碑陰元附二十一 二百惟漢隸在者少爲難得故録之一無此十二字

朔方太守碑陰元附二十一 二百

劉曜碑元第五百一 惁一作喆

景君銘元第六百二十一

景君碑元第九百七十一 熙寧二年十月朔一作晦日山齋書一有此十一字

景君石郭銘元附九百七十一

袁良碑元第七百七十一 時時一作有時

張平子墓銘元第三十一 謂衡一作稱衡

後漢費鳳碑歲月見本文

右漢費鳳碑云集本有君諱鳳三字字伯蕭梁相之元子也集本無也字漢安二年舉孝廉拜郎中除陳國新平長又云試守故障長其文班班可見而卒葬年壽皆不載其後悉爲五言韻語其略曰不悟集本作語奄忽終藏形而匿景集本作影耕夫釋耒耜桑女投鈎筥道阻而且長起坐淚如雨其文既非工故不悉録八字集本作文字工拙古今皆然惟漢隸難得故録爾熙寧二年十一月十六日山齋書右真蹟略曰一作云

後漢武班碑（歲月見本文）

右漢班碑者蓋其字畫殘滅不復成文其氏族州里官閥卒葬皆不可見其僅見者曰君諱班爾其首書云建元年太歲在丁亥而建下一字不可識以漢書考之後漢自光武至獻帝以建名元者七謂建武建初建光建康建和建寧建安也以歷推之歲在丁亥乃章帝章和元年後六十一年桓帝即位之明年改本初二年爲建和元年入歲在丁亥則此碑所缺一字當爲和字（真蹟無此六字）迺建和元年也碑文缺滅者十八九惟亡者多而存者少尤爲可惜也故録之治平

元年四月二十日書右集本

後得别本模搨粗明始辨其一二云武君諱班乃易去前本熙寧二年九月朔日記

後漢中常侍費亭侯曹騰碑歲月見本文 真蹟

右漢中常侍費亭侯曹騰碑文字磨滅其粗可見者云維建和元年七月二十二日己巳皇帝若曰其遣費亭侯之國其餘不可識也建和桓帝即位之元年也後三十七年獻帝中平元年騰養子操始爲騎都尉集本有領兵二字擊黄巾矣治平元年六月十日書

後漢司隸楊君碑歲月見本文

右漢司隸校尉楊厥碑云惟巛靈定位川澤佊同澤有所注川有所通余谷之川其澤南隆八方所達益城爲充高祖受命興於漢中道由子午出散入秦建定帝位以漢詆焉後以子午塗路澀難更隨圍谷復通堂光凡此四道垓鬲允艱至於永平其有四年詔書開余鑿通石門中遭元二西夷虐殘橋梁斷絶子谷復循於是故司隸校尉犍爲武陽楊厥字孟文深執忠伉數上奏請廢子由斯得其度經至建和二年漢中太守王升字稚紀嘉君明知美其仁賢勒石頌德以明厥勳其辭大略如此其刻畫尚完可讀大抵

述厥修復斜谷路爾，但其用字簡省，復多舛繆。惟以巛爲坤，以余爲斜，漢人皆爾，獨詆字未詳。永平，明帝；建和，桓帝年號也。右集本

後漢樊常侍碑歲月見本文

右漢樊常侍碑云：君諱安，字子佑，南陽湖陽人也。君幼學治韓詩、論語、孝經，歷中黃門，拜小黃門，小黃門右史，遷藏府令、中常侍，年五十有六，永壽四年四石本作二月甲辰卒。其先爲中黃門，後爲小黃門，又爲小黃門右史，蓋漢官之制，今不詳其次序也。余少家漢東，天聖四年舉進士，赴尚書禮部，道出湖陽一本作間，見比

碑立道左下馬讀之徘徊碑下者久之後三十年始得而入集録蓋初不見録于世自予集録古文時人稍稍知爲可貴自此古碑漸見收采也右集本

後漢郎中鄭固碑固一本作宣　歲月見本文

右漢郎中鄭固碑文字磨滅其官閥卒葬年月皆莫可考其僅可見者云君諱固字伯堅孝友著于閨門至行立乎鄉黨初授業於歐陽仕郡諸曹掾史主簿督郵五官掾功曹又曰忠以衛上清以自修其餘殘缺不復成文又云延熹元年二月詔拜而不見其官惟其碑首題云漢故郎中鄭君之碑以此知其官至

郎中爾漢隸刻石存於今者少惟余以集録之勤所得爲獨多然類多殘缺一作滅不完蓋其難得而可喜者其零落之餘尤爲可惜也延熹元年二月之下一本云詔拜郎中非其好也以疾錮辭年四十二遭命殞身而中間又有逡遁退讓之語遁當作循錮當作固疑漢人用字多假借又疑以疾錮辭謂疾已堅固若云以疾篤辭覽者詳之 右集本

後漢田君碑 歲月見本文 真蹟

右漢田君碑今在沂州其名字皆已磨滅惟云其先出自帝舜之苗裔自完適齊因以爲氏乃知爲姓田爾又云周秦之際家於東平陽君總角修韓詩京氏易真蹟作易京氏究洞神變窮奥極微爲五官掾功曹州從

事辟太尉延熹二年辛亥詔書泰山瑯邪盜賊未息州郡吏有仁惠公清撥煩整化者試守滿歲爲真州言名時牧劉君知君宿操表上試守費自此以後殘缺不可次第而隱隱可見蓋無年壽卒葬月日而有故吏薛戚等立石勒銘之語乃費縣令長德政去思碑爾治平元年六月二十九日書

後漢孫叔敖碑 延熹三年

右漢孫叔敖碑云名饒字叔敖而史記不著其名而見於他書者亦皆曰叔敖而已微斯碑後世遂不復知其名饒也此集本無此字碑世亦集本作所罕傳余以

集録二十年間求之博且勤乃得之然則世之未見此碑者猶不知爲名饒也謂余集古爲無益可乎集本無此九字 右真蹟

後漢王元賞碑 歲月見本文

右漢王元賞碑云君諱某字元賞御史君之孫茂才君之子也歷秦及漢有國有家宰相牧守踵武相襲又曰遭父喪以孝立稱土堦環堵兼業並受門徒兩集盛於洙泗又去郡察孝廉郎中謁者宛陵丞封丘令毋憂去官服祥辟司空府延熹四年五月辛酉遭命而終其文字磨滅隱隱可見者如此其名既亡又

不序其姓惟其銘云於惟王君以此知其姓王爾右集本

後漢祝睦碑 歲月見本文 真蹟

右漢祝睦碑云君諱睦字元其下遂缺滅不能成文惟其官壽年月可見云賔于王庭除北海長史潁川鄢令辟司空府北軍中候拜大尚書尚書僕射還常山相山陽太守年六十有八延熹七年八月丁巳卒睦有二碑皆在今南京虞城縣此碑不見世次而隱隱有云其先高辛亦其後碑則頗完故録于次也治平元年六月立秋日書

後漢祝睦後碑延熹七年

右漢祝睦後碑。其前碑不知所立人名氏，兩碑所載官閥壽考年月悉同，而此碑有立碑人名氏及睦世次，云故吏王堂等竊聞下有述上之功，臣有叙君之德。又曰：君地自黎辛祝融苗胄，鄭有祝聃，君其胤也。其餘文字亦完可讀。二銘皆以三言爲文，而後銘尤完，云：穆我君，邦之陽，資五就，闡道綱。綱下滅一字。表微準，樞衡稽，列宿覽四方，德合乾道，應皇領二郡，曜重光，化流洽，緄蝨昌，性天約，元用長，頌聲作，謠令香，功烈著，遺椒芳，存靚榮，論弗忘。其後二句磨滅難詳。

故録其成文以見其雅質亦可佳也治平元年六月立秋日書右真蹟

後漢衡方碑歲月見本文　真蹟

右漢衡方碑云府君諱方字興祖其先伊尹在殷號稱阿衡因而氏焉又曰州舉孝廉除郎中即丘侯相膠東令州舉尤異遷會稽東部都尉又拜議郎北平太守遷潁川太守又曰拜步兵校尉年六十有三建寧元年二月五日癸丑卒於是海内門生故吏采嘉石樹靈碑鐫茂伐秘將來此其始終之大略其餘歷歷可見而時亦磨滅以其文多不備録也治平元年

六月三日書

後漢冀州從事張表碑（歲月見本文）（真蹟）

右漢冀州從事張表碑云君諱表字元異其碑首題云漢故冀州從事張君碑而文爲韻語敘其官閥不甚詳但云春秋六十四以建寧元年三月癸巳寢疾而終其辭有云仕郡爲督郵鷹撮盧擊是以狗喻人（集本有也字）又有畔桓利正之語蓋漢人猶質不嫌取類於鷹犬畔桓疑是盤桓（集本有肆二字）漢文字簡少假借尒

治平元年六月廿九日書

後漢竹邑侯相張壽碑（歲月見本文）

右漢竹邑侯相張壽碑云君諱壽字仲吾其先晉大夫張老盛德之裔孝友恭懿明允篤信博物多識獵（一作略）涉傳記臨疑獨照確然不撓有孔甫之風舉孝廉除郎中給事謁者遷竹邑侯相年八十建寧元年五月辛酉卒其大略可見者如此其餘殘缺或在或亡亦班班可讀爾（右集本）

後漢金鄉守長侯君碑（歲月見本文　真蹟）

右漢金鄉守長侯君碑云君諱成字伯盛山陽防東人也其先出自豳岐周文之後封于鄭鄭共仲賜氏曰侯厥胤宣多以功佐國漢之興也侯公納策濟太

上皇於鴻溝之阨謚曰安國君曾孫酺封明統侯光
武中興玄孫霸爲臨淮太守轉拜執法右刺姦五威
司命大司徒公封於陵侯枝葉繁茂或家河淯或邑
山濤君卽上黨太守之弟郡請署主簿督郵五官掾
功曹守金鄉長建寧二年四月癸酉卒年八十一碑
文首尾皆完故得詳其世次其云上黨太守不見其
名按漢書執法左右刺姦五威司命皆王莽官名侯
霸列傳云霸莽時爲隨令遷執法刺姦而未嘗爲五
威司命後事光武代伏湛爲大司徒封關内侯旣薨
光武下詔追封則鄉侯而此碑言封於陵侯未知孰

是據碑言剌姦司命爲光武時官葢碑文之繆矣治平元年四月二十九日書

後漢慎令劉君墓碑建寧四年

右漢慎令劉君墓碑在今南京下邑其名已磨滅其字伯麟少罹艱苦身服田畆舉孝廉除郎中辟從事司徒掾遷慎令卒年六十有二其銘曰於惟君德忠孝正直至行通洞高明柔克鬼神福謙受茲介福知命不延引輿旋歸忽然輕舉志激拔萃人皆有亡貴終譽兮歿而不朽垂名著兮余家漢碑常患其銘多缺滅而斯銘偶完故録之右真蹟

後漢北軍中候郭君碑歲月見本文

右漢北軍中候郭君碑其名字磨滅云元城君第四子也其先蓋周之胄緒枝葉雲布列於州郡自東郡衛國家於河内汲兄竹邑侯相次尚書侍郎次濟北相順弟臨沂長次徐州刺史次中山相次雒陽令君爲五官掾功曹司隷中部官從事三辟將軍府舉廉比陽長復辟司徒拜北軍中候年六十有六建寧四年九月丙子卒其於兄竹邑侯相上一字鈌滅不完疑是惠字其下又云順弟莫曉其義豈漢人謂兄弟爲此語邪故闕其疑以俟知者治平元年六月廿九

日書右真蹟

後漢司隸從事郭君碑歲月見本文

右漢司隸從事郭君碑云君諱究汲人也元城君之孫雒陽令之適歷主簿督郵五官掾功曹守令長辟司隸從事部郡都官春秋二十八而卒中平元年歲在甲子三月而葬掾北軍中候碑為元城君子而弟為雒陽令考其世次皆同前世碑碣但書子孫而不及兄弟惟郭氏碑載其兄弟甚詳蓋古人譜牒既完而於碑碣又詳如此可見其以世家為重不若今人之苟簡也治平元年六月廿九日書右真蹟

後漢魯峻碑　歲月見本文　集本

右漢魯峻碑云君諱峻字仲嚴山陽昌邑人監營謁者之孫修武令之子治魯詩顔氏春秋舉孝廉除郎中謁者河内太守丞辟司徒司空府舉高第御史東郡頓丘令遷九江太守拜議郎太尉長史御史中丞司隸校尉遭母憂自乞拜議郎服竟還拜屯騎校尉以病遜位熹平元年卒門生于商等二百三十人謚曰忠惠父其餘文字亦粗完故得遷拜次序頗詳以見漢官之制如此惟云遭母憂自乞拜議郎又其最後爲屯騎校尉而碑首題云漢故司隸校尉忠惠父

會君碑二者莫曉其義治平元年四月二十三日

後漢玄儒婁先生碑歲月見本文

右漢玄儒婁先生碑云先生諱壽字元考南陽隆人也祖太常博士父安貧守賤不可營集本作榮以禄先生童孩多奇岐嶷有志好學不猒不飭小行善與人交久而能敬榮沮溺之偶耕甘山林之杳藹又曰有朋自遠冕紳華華講習不倦年七十有八熹平三年二月甲子不禄今光化軍乾德縣圖經載此碑景祐中余自夷陵貶所再遷乾德令按圖求碑而壽有墓在穀城界中余率縣學生親拜其墓見此碑在墓側遂

據圖經遷碑還縣立於勑書樓下至今在焉治平元年六月十三日書　右真蹟

後漢郭先生碑　真蹟　歲月未詳

右漢郭先生碑云諱輔字輔成其先出於王季之中子爲文王卿士食菜於虢後世謂之郭歷戰國秦漢子孫流分來居荆土先生其少也孝友而悦學其長也寬舒如好施是以宗親歸懷鄉郿高尚年五十有二遇疾而終其以而爲如及用鄉郿字與婁壽碑同蓋漢人如此尔治平元年六月二十日書

又集本

右不見書撰人名氏碑在襄州穀城縣界中其辭云
先生諱輔字輔成其先出自有周王季之中子爲文
王卿士食菜於虢至于武王錫而封之後世謂之郭
春秋之時爲晉所并歷戰國秦漢子孫派分來居荆
土氏國立姓焉傳云聖賢之後必有達者先生應焉
孝友而説學其長也寛舒如好施是以宗親歸懷鄉
鄰高尚年五十有二遇疾而終其文字古質蓋漢之
碑也其用鄉鄰字與漢婁壽碑同其曰寛舒如好施
蓋以如字爲而也春秋書星隕如雨釋者曰如而也
然施於文章以如爲而始見于此也

後漢桂陽太守周府君紀功銘 ᠎輿地碑記目

此君檢漢書無之今碑石缺不見其名惜乎遂不見於世也南人紀其所修瀧水即韓文公所謂昌樂瀧者是也至今以爲利祠宇甚嚴云 右集本

後漢桂陽周府君碑 輿地碑記目

右漢桂陽周府君碑按韶州圖經云後漢桂陽太守周府君碑按廟在樂昌縣西一百一十八里武溪上武溪驚湍激石流數百里昔馬援南征其門人轅寄生善吹笛援爲作歌和之名曰武溪深其辭曰滔滔武溪一何深鳥飛不渡獸不能臨嗟哉武溪何毒淫

周使君開此溪下合真水桂陽人便之爲立廟刻石又云碑在廟中郭蒼文今碑文磨滅云府君字君光而名已訛缺不可辨圖經但云周使君亦不著其名後漢書又無傳遂不知爲何人也按武水源出郴州臨武縣鸕鷀石南流三百里入桂陽而桂陽真水一有梨溪二字盧溪曹溪諸水皆與武水合流其俗謂水湍峻爲瀧韓退之詩云南下昌樂瀧即此水也碑首題云神漢者如唐人云聖唐爾蓋當時已爲此語而史傳他書無之獨見於此碑也右集本

後漢桂陽周府君碑後本熹平中

右漢桂楊周府君碑余初得前本恨其名遂磨滅後有國子監直講劉仲章者因出其碑而爲余言前爲樂昌令因道府君事云名憬問其何以見之云碑刻雖闕尚可識也乃以此碑并陰遺余蓋前本特模者不工爾又余初以韓集云昌樂瀧疑其誤乃改從樂昌仲章曰不然縣名樂昌而瀧名昌樂其舊俗所傳如是韓集不誤也乃知古人傳疑而慎於更改者以此 右集本

後漢費府君碑 歲月未詳 集本

右漢梁相費府君碑其名字若云諱汎字仲慮而汎

疑爲汎慮疑爲寬其官閥可見者爲蕭令九年沛有蝗獨不入其界國以狀聞朝廷嘉諸拜梁相春秋八十卒其銘頗簡而文字粗完云鮴鯀顯祖厥德懿鑠播勛於前丕碩基業遺愛於民福流於後胙自此磨滅不可識者八字其卒章云功烈休矣來昆勠力而穆字爲鮴古文多然

後漢郎中王君碑 元和元年

右漢郎中王君碑文字磨滅不復成文而僅有存者其名字官閥卒葬年月皆莫可考惟其碑首題云漢故郎中王君之銘知君爲漢人姓王氏而官爲郎中

爾蓋夫有形之物必有時而弊是以君子之道無弊而其垂世者與天地而無窮顔回高卧於陋巷而名與舜禹同榮是豈有託於物而後傳邪豈有爲於事而後著耶故曰久而無弊者道隱而終顯者誠此君子之所貴也若漢王君者託有形之物欲垂無窮之名及其弊也金石何異乎瓦礫治平元年四月晦日書　右真蹟

後漢太尉陳球碑　歲月見本文

右漢太尉陳球碑云君諱球字伯真廣漢太守之元子也又云除郎中尚書符節郎慎陵園令換中東城

門候遷繁陽令拜侍御史其後又云拜將作大匠其
餘磨滅僅存按後漢書球傳云父㲹廣漢太守陽嘉
中球舉孝廉稍遷繁陽令太尉楊秉表球零陵太守
後累拜司空光和元年遷太尉坐日食免復拜光禄
大夫與司徒劉郃等謀誅宦官曹節等不果下獄死
球在零陵破賊胡蘭朱蓋有功威著南邦今碑破蘭
蓋事班班可讀與傳皆合惟不著誅宦官事至其卒
時文字磨滅不可識惟云六十有二亦與傳合予所
集録古文與史傳多異惟此碑所載與列傳同也治
平元年四月晦日書　右真蹟

後漢敬仲碑 歲月見本文

右漢敬仲碑者，其姓名字皆不可見，惟其初有敬仲二字尚可識，故以寓其名爾。蓋疑其人姓田氏也。大抵文字磨滅，比其他漢碑尤甚，字可識者頗多，第不成文爾。惟云州郡課最臨登大郡，又云居喪致哀，又云司隸從事治書侍御史，又云光和四年閏月庚申，此數句粗可讀爾。其餘字畫廑完者，以漢隸今爲難得，録之爾。治平元年閏五月廿九日書。右真蹟

後漢無名碑 此與前跋大槩同

右漢無名碑文字磨滅，其姓氏名字皆不可見，其僅

可見者云州郡課最臨登大郡又云居喪致哀曾參閔損又曰辟司隸從事拜治書侍御史又曰奮乾剛之嚴威揚哮虎之武節又曰年六十三光和四年閏月庚申遭疾而卒其餘字畫尚完者多但不能成文爾夫好古之士所藏之物未必皆一作能適世之用惟其埋没零落之餘尤以爲可惜此好古之僻也治平元年六月五日書 右真蹟

後漢稾長蔡君頌碑 光和四年 真蹟

右漢稾長蔡君頌碑在鎮府故天章閣待制楊畋嘗爲余言漢時隸書在者此爲最佳畋自言平生惟學

此字余不甚識隸書因既言遠遣人之常山求得之遂入于録

後漢唐君碑 歲月見本文

右漢唐君碑其名已磨滅其字正南云集本作云字正南潁川郾人也其先出自慶都感赤龍生堯王有天下苗冑枝分相土視居因氏唐焉君父孝廉郎中早卒君繼厥緒躭道好古敦書味詩守舞陽丞潁陽令察能治劇遷豫章其後遂復磨滅雖文字班班可見而不能得其次序其後又云换君昌陽令吏民慕戀牽君車輪不得行君臣流涕道路琅玕是故從事郡掾刋

石樹頌歌君之美據此蓋縣令去思碑爾其後又云光和六年二月壬午朔二十五日丙午則知唐君爲後漢時人矣治平元年閏五月二十八日右真蹟

後漢朱龜碑歲月見本文

右漢朱龜碑云字伯靈察孝廉除郎中尚書侍郎以將事去官于時幽州州下滅一字夷侵寇以君爲御史中丞討伐其後磨滅又云鮮卑侵犯障塞復舉君拜幽州刺史年六十四光和六年卒龜之事迹不見史傳其僅見於此碑者如此碑在今亳州界中云將事去官莫曉其語治平元年六月十四日書右真蹟

後余守亳州徙碑置州學中

後漢小黄門譙君碑歲月見本文

右漢小黄門譙君碑云君諱敏字漢達年五十七中平二年卒其文不甚磨滅而官閥無所稱述惟云肅將王命守靜韜光以遠悔咎而已後漢宦者用事靈帝時尤盛敏卒之歲張讓等十二人封侯於斯之時能守靜遠悔是亦可佳然敏以一小黄門而立碑稱頌於此可見宦官之盛也治平元年四月三日書右真蹟

後漢熊君碑歲月見本文

右漢熊君碑云君諱喬字舉舉上滅一字其官閥不可詳考其僅可知者劉表時爲綏民校尉後遷騎都尉建安二十一年辛亨年七十有一其云治歐羊尚書其字非訛闕而以陽爲羊蓋古文字少故須假借至漢字已備而猶假用何哉後云太歲在甲申上滅一字以曆推之當是丙申又云碑師春陵福造福上滅一字當是其姓其書顯字皆爲顆按許慎說文顯從㬎聲而轉爲累其失遠矣莫曉其義也右集本

後漢俞鄉侯季子碑歲月未詳

右漢俞鄉侯季子碑云君諱熊字孟下闕一字廣陵

海西人也厥祖天皇大帝垂精接感篤生聖明子孫享之分源而流枝葉扶疎出王别胤受爵列土封侯載德君光武皇帝之玄廣陵王之孫俞鄉侯之季子也由是而後文字缺滅其稍稍可讀者時得其一二云六籍五典如源如泉既練州郡卷舒委隨化流南城政猶北辰三祀有成來臻我邦仁恩如冬日威猛烈夏日吏民愛若慈父畏如神明其後又云採摭謡言作詩三章據碑文無卒葬年月而其辭若此似是德政碑按後漢書光武皇帝子曰廣陵思王荆荆子元壽等四人皆封鄉侯史略而不載其名俞鄉侯者

不知爲誰也思王荆之第幾子也天皇大帝之語自漢以來有矣右集本

後漢武榮碑歲月未詳

右漢武榮碑云君諱榮字含集本作舍和治魯詩經韋君章句孝經論語漢書史記左氏國語爲州書佐郡曹史集本作文學主簿督郵五官掾功曹年三十六南蔡府君察舉孝廉執金吾丞孝桓大憂屯守玄武闕加遇害氣遭疾殞靈其餘文字殘缺不見其卒葬年月又不著氏族所出惟其碑首題云漢故執金吾丞武君之碑云治平元年五月六日書右真蹟

後漢秦君碑首歲月見本文

漢碑今存者少此篆亦與今文小異勢力勁徤可愛蔡君謨題

右漢熹平中碑在南陽界中字已摩或作磨非滅不可識獨其碑首字大僅存其筆畫頗竒偉蔡君謨甚愛之此君謨過南都所題乃皇祐三年也今一紀矣嘉祐八年九月十七日書右真蹟

又此集本與真蹟頗不同故兩存

右漢秦君碑首題云漢故南陽太守秦君之碑秦君不知爲何人碑在南陽界中字已磨滅不可識獨其

碑首字大僅存其筆畫頗奇偉蔡君謨甚愛之

後漢元節碑歲月未詳

右漢元節碑文字磨滅不見其氏族其可見者纔數十字爾云君集本無此字諱立字元節其先出自伊尹其餘不復成文其銘云於穆從事疑其姓伊而爲從事也碑無年月而知爲漢人者以其隸體與他漢碑同爾治平元年五月三日書右真蹟

後漢殘碑歲月未詳真蹟

右漢殘碑不知爲何人所存者纔三十二字不復成文惟云高字幼知其名高又云漢一有中字興復知爲後

漢時人而録字在者甚完體質淳勁非漢人莫能爲也故録之

後漢天禄辟邪字 歲月未詳

右漢天禄辟邪四字在宗資墓前石獸膊上按後漢書宗資南陽安衆人也今墓在鄧州南陽界中墓前有二石獸刻其膊上一曰天禄一曰辟邪余自天聖中舉進士往來穰集本作襄鄧間見之道側迨今三十餘年矣其後集録古文思得此字屢求於人不能致尚書職方員外郎謝景初家於鄧爲余模得之然字畫集本或作訛缺不若余見時完也按黨錮傳云資祖均自

有傳今後漢書有宋均傳云南陽安衆人而無宗均傳疑黨錮傳轉〔集本無此字〕寫宋爲宗爾蜀志有宗預南陽安衆人豈安衆當漢時有宗宋二族而字與音皆相近遂至訛謬邪史之失傳如此者多矣嘉祐八年臘日書

集古録跋尾卷第三

費鳳碑元第九百九十一　起坐一作坐起按古碑作望遠

武班碑元第五百五十二　書云一無云字又歲一作歲又

曹騰碑元第一百七十一

司隸楊君碑元第六百九十一至六百九十二　右漢一有故字攸同一作股躬

樊常侍碑元第一百四十二　右漢至亭也九十四字一本無集録一無録字

益城一作域

古碑一無此二字嘉祐八年十月十四日書一有此十字

鄭固碑元第五百四十一　又曰一作云治平元年四月十二日

書一有此十字

田君碑元第四百五十二　今在一作在今爲姓一作其姓

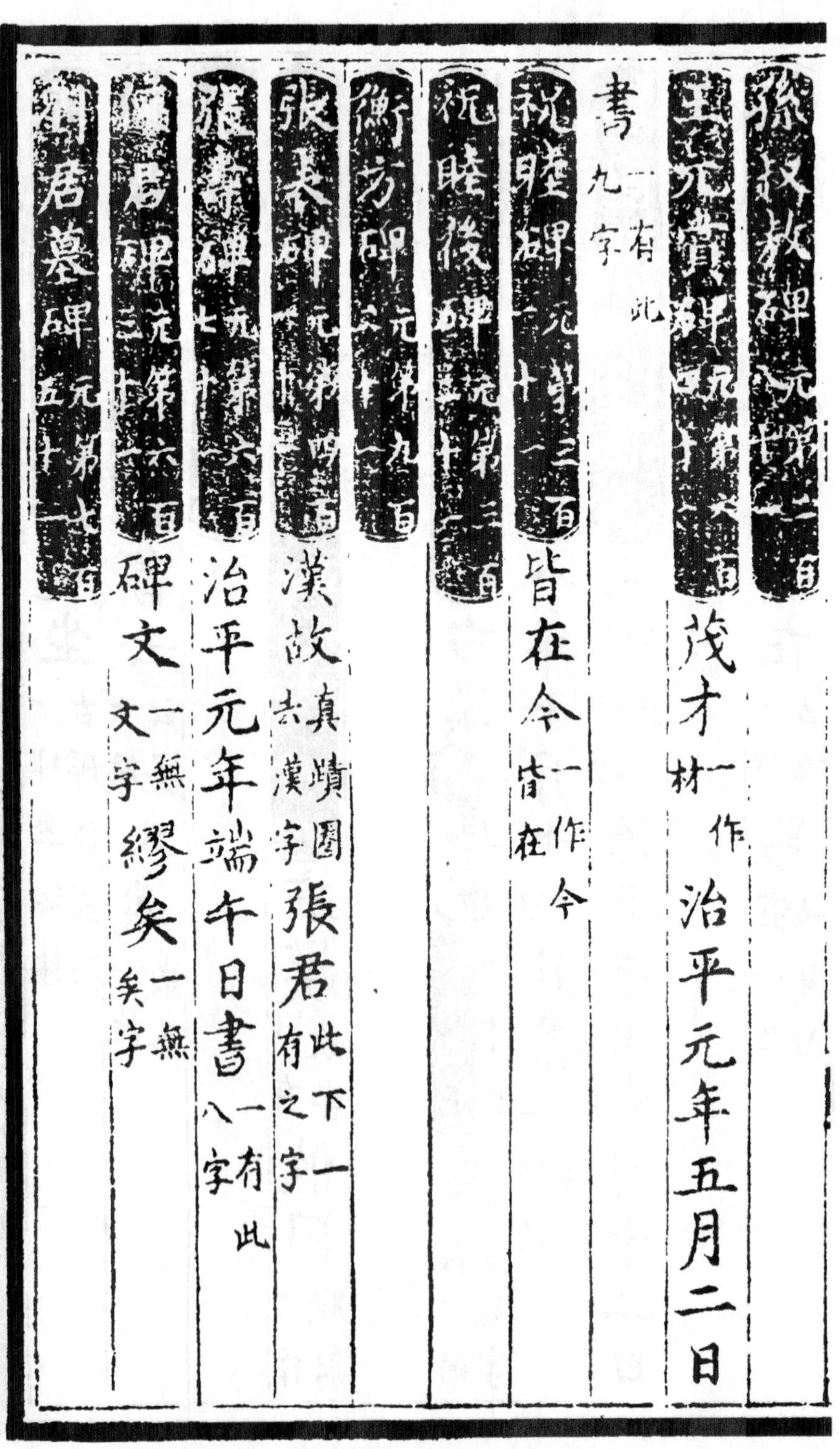

孫叔敖碑元第二百七之

□元賞碑元第六百五十

茂才一作材治平元年五月二日

書一有此九字

祝睦碑元第三百一十一皆在今一作今皆在

祝睦後碑元第三百三十二

衡方碑元第九百六十一

張表碑元第四百二十　漢故真蹟圖去漢字張君此下一有之字

張壽碑元第六百七十　治平元年端午日書一有此八字

唐君碑元第六百三十一　碑文一無文字繆矣一無矣字

唐君墓碑元第七百五十

北軍中候郭君碑元第四三十一百

司隸從事郭君碑元第四四十一百

魯峻碑元第五一十一百　司空一無二字　故得此下一有其字

婁先生碑元第一五十二百　偶一作耦　藹一作靄

郭先生碑元第五十一　碑云此下一有先生字　輔成古碑作甫成　歷一作

婁壽二字上一有裴字　二十日一作二十二日

周府君紀功銘元第一八十三百

周府君碑元第八十一百　碑按一無此二字　桂陽一作桂水或作桂陽桂水

湍峻一作峻

周府君碑後本元附一八十一百　因出其碑而一無此五字

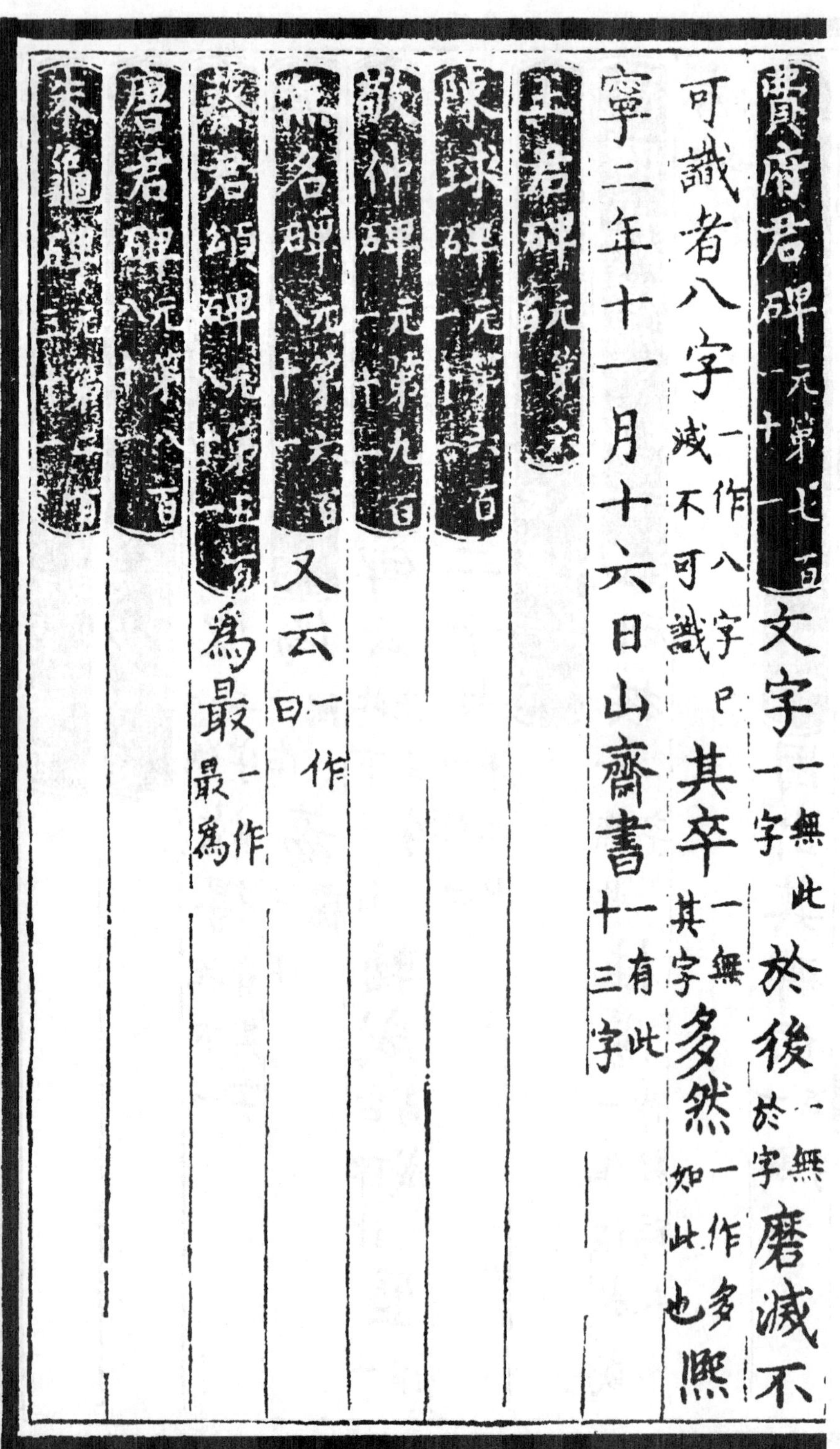

費府君碑元第七百一十一 文字一無此一字 於後一無於字 磨滅不可識者八字一作八字已滅不可識 其卒一無其字 多然一作多如此也 熙寧二年十一月十六日山齋書一有此十三字

王君碑元第六百一十

陳球碑元第三百一十一

敬仲碑元第九百一十二

無名碑元第六百八十一 又云一作曰

婁君頌碑元第五百八十一 爲最一作最爲

唐君碑元第八百八十一

朱龜碑元第五百一十一

譙君碑元第五百十一

熊君碑元第九[illegible]其云一作其辭有云熙寧二年十月晦日山齋書一有此十一字

季子碑元第九百三十一字孟一本此下再有孟字夏日一作炎夏史略一無此二字譙也一無此二字天皇至有矣廿二字一本無治平元年六月五日書一有此九字

武榮碑元第五百三十一南古碑作汝南

泰君碑首元第八十

元節碑元第六百五十

後漢殘碑元第三百三十一

天禄辟邪字元第七十一

集録一無録字

集古録跋尾卷第四　歐陽文忠公集一百三十七

魏受禪碑歲月見本文

右魏受禪碑世傳爲梁鵠書而顔真卿又以爲鍾繇書莫知孰是按漢獻帝紀延康元年十月乙卯皇帝遜位魏王稱天子又集本無此字按魏志是歲十一月葬士卒死亡者猶稱集本有王字令是月丙午集本作寅漢帝使張愔奉璽綬庚午王升壇受禪又是月癸酉奉漢帝爲山陽公而此碑云十月辛未受禪于漢三家之説皆不同今據裴松之注魏志備列漢魏禪代詔册書令羣臣奏議甚詳蓋漢實以十月乙卯策詔魏王使

張愔奉璽綬而魏王辭讓往返三四而後受也又據侍中劉廙奏問太史令許芝今月十七日己未可治壇場又據尚書令桓階等奏云輙下太史令擇元辰今月二十九日可登壇受命蓋自十七日己未至二十九日正得辛未以此推之漢魏二紀皆繆而獨此碑爲是也漢紀乙卯遜位者書其初命而略其辭讓往返遂失其實爾魏志十一月癸卯猶稱令者當是十月衍一字爾丙午張愔奉璽綬者辭讓往反容（集本作殆）有之也惟庚午升壇最爲繆爾癸卯去癸酉三十一日不得同爲十一月此尤繆也禪代大事也而二

紀所書如此則史官之失以惑後世者可勝道哉嘉祐八年九月十七日書右真蹟

魏公卿上尊號表黄初元年

右魏公卿上尊號表唐賢多傳爲梁鵠書今人或謂非鵠也乃鍾繇書爾未知孰是也嗚呼漢魏之事讀其書者可爲之流涕也其鉅碑偉字其意惟恐傳之不遠也豈以後世爲可欺歟不然不知耻者無所不爲乎右真蹟

魏鍾繇表歲月見本文

右鍾繇法帖二字集本作表者曹公破關羽賀捷表也其後

書云建安二十四年閏月九日南蕃東武亭侯鍾繇上集賢校理孫思恭精於曆學余問孫君建安二十四年閏在何月思恭爲余以漢家所用四分乾象曆推之是歲巳亥二曆皆閏十月而陳壽三國志所書時月雖爲簡略然以思恭言考之則合按魏志是歲冬十月軍還洛陽其下遂書孫權請討關羽自効於吴志則書閏月權討羽以魏吴二志參較是閏十月矣吴志又書十二月權獲羽及其子平魏志明年正月乃書權傳羽首至洛陽蓋二志相符乃權以閏十月方征羽至十二月獲之明年正月始傳首至洛本集

有陽字理可不疑然則鍾繇安得於閏十月先賀捷也由是此表可疑爲非真而今世盛行復有兩本字大小不同小字差類繇書然不知其果是否姑並存之以俟識者治平元年七月廿六日書右真蹟

又集本

右魏鍾繇書其辭云戎路兼行履險冒寒因述曹仁徐晃破關羽事其後題云建安二十四年閏月九日南蕃東武亭侯臣繇上按建安二十四年冬曹公軍于摩陂而仁等破羽後未嘗出征履險冒寒之役又古人牋啓不書年此二事可疑又云羽已被手刃據

三國志羽圍曹仁於樊爲仁所敗而走後爲孫權兵斬於沮與此帖不同

魏劉熹學生冢碑 歲月未詳

右魏劉熹學生冢碑在襄州穀城縣界中余爲乾德令時嘗以公事過穀城見數荒冢在草間傍有古碑傾側半埋土中問其村人爲何人冢皆不能道而碑文磨滅不暇讀而去後數年在河北始集録古文思嚮所見穀城碑疑爲漢碑求之又數年乃獲按襄州圖經云學生冢在縣東北水經注云魏濟南劉熹字德怡博學好古立碑載生徒百餘人其不終業而卒

者葬于（集本作於）此號學生冢今碑雖殘缺而熹與生徒名字往往尚可見蓋余昔所見乃學生冢而碑魏時碑也熹穀城令也治平元年正月十日書（右真蹟）

魏賈逵碑（歲月未詳）

右魏賈逵碑魏志逵傳云逵爲絳邑長爲賊郭援所攻絳人與援約不害逵乃降而援欲以逵爲將然逵不肯叩頭欲殺之絳人乘城呼曰負（集本作若）要殺我賢君寧俱死援義之遂不殺又按裴松之注引魏略云援捕得逵怒不肯拜促斬之諸將覆護因於壺關土窖中守者祝公道釋其械而逸之（集本有已字）與魏志不

同而此碑但云爲援所執臨以白刃不屈而已不載絳人約援事如傳所載不獨遠有德於絳人而絳人臨危能與遠生死亦可謂賢矣自古碑碣稱述功德常患過實如遠與絳人德義（集本有俱隆字）碑不應略而不著頗疑陳壽作傳（集本無此二字）好奇而所得非實也松之又注魏書遠年五十五而碑云五十有四亦當以碑爲正嘉祐八年十一月十四日書（右真蹟）

魏鄧艾碑（歲月未詳）

右鄧艾碑考其事蹟終始即魏（集本無此字）鄧艾碑也艾嘗爲兗州刺史據碑云晉初嘗發兗州兵討叛羌艾

降巫者傳言授以用兵之法因以破羌兖人神之遂爲艾立廟建碑紀其事艾於三國時爲名將嘗有大功其姓名聞於世甚顯史與兖人皆不應誤而艾乂二名不同如此此君子所以慎於傳疑也余謂古人艾乂常通用漢書曰黎民艾安與懲艾創艾注皆讀爲乂豈非鄧侯名艾音乂而書碑者從省歟後人讀史無音注乃直以爲蒿艾之艾而流俗轉失久而訛繆遂不復正此理或然覽者詳之熙寧壬子正月晦日六一堂書　右真蹟

吴九真太守谷府君碑　鳳皇元年四月

右谷朗者事吴爲九真太守碑無書撰人名氏其序云府君諱朗字義先桂陽耒陽人豫章府君之曾孫公府君之孫郎中君之子也其先出自顓頊益爲舜虞賜姓嬴氏至于靡子封於秦谷因而氏焉谷氏在吴不顯史傳無所見所謂豫章府君而下三世皆莫知其名字按秦本紀非子邑於秦而此與朗子永寧侯相碑皆爲靡子莫詳其義也治平元年四月廿六日書 右真蹟

吴國山碑 歲月見本文

右吴國山碑者孫皓天册元年禪于國山改元天璽

因紀其所獲瑞物刋石于山陰是歲晉咸寧元年後五年晉遂滅吴以皓昬虐其國將亡而衆瑞並出不可勝數後世之言祥瑞者可以鑒矣熙寧元年中元後一日書 右真蹟

晉南鄉太守頌 泰始中

右南鄉太守司馬整 集本作晉南鄉太守頌南鄉太守者司馬整也 按晉書宣帝弟曰安平獻王孚孚次子曰義陽成王望望第三子曰隨穆王整整先望卒後武帝分義陽之隨縣封整爲王謚曰穆整以魏咸熙二年爲南鄉太守是歲晉武受禪改元泰始泰始三年徙整南陽而南鄉

人爲整建此碑晉書地理志當魏末荆州分屬三國而南鄉南陽皆屬魏後晉武改南鄉爲順陽此碑今在光化軍軍即襄州穀城縣之陰城鎮陰城當魏晉時爲南鄉屬縣也余貶乾德縣令時得此碑今二紀矣嘉祐八年九月二十六日書　真蹟

晉南鄉太守碑　泰始四年

右南鄉太守碑不著書撰人名氏題曰宣威將軍南鄉太守司馬府君紀德頌碑云君諱整字孔修太宰安平王之孫太尉義陽王之子按晉書宣帝弟曰安平獻王孚孚次子曰義陽成王望望第三子隨穆王

整整先望卒後武帝分義陽之隨縣封整爲王謚曰穆整以太始三年自南鄉太守徙南陽而南鄉人共立此碑今在光化軍軍即襄州穀城縣之陰城鎮按晉志不列南鄉郡據此碑所載縣令名氏有武陵築陽丹水陰城順陽析六縣此蓋南鄉郡所治也晉志但云南鄉魏時屬荆州武帝平吴改爲順陽郡而不著順陽治所興廢屬縣之名而獨此碑可見也又整傳但云整歷南中郎將封清泉侯薨贈冠軍將軍亦不言其爲宣威將軍南鄉南陽二郡守皆其所漏略也　右集本

南鄉太守碑陰 集本

右南鄉太守將吏三百五十人分爲二卷其磨滅者猶有二十餘人人皆有邑姓名字而無次序其名號有令有長有南閤祭酒門下督主簿部督郵監汀督郵部勸農五官掾文學掾營軍掾軍謀掾府門亭長主記史待事掾待事史部曲將部曲督又有賊曹功曹議曹户曹金曹水曹科曹倉曹鎧曹左右兵曹曹皆有掾又有祭酒有史有書佐有脩行有從掾位有從史位有史有小史等魏晋之際太守官屬之制蓋如此他書或時見一二不能如此之備也

晋陸喈碑歲月見本文

右晋陸喈碑喈爲宣威内史建武元年卒碑以咸和七年立而碑後題云咸和七年歲在庚辰咸和成帝年號也成帝以泰寧三年八月即位是歲乙酉明年改元咸和據曆七年當爲壬辰而此爲集本作云庚辰者繆也陸氏有二碑余家集録皆有之據陸禕碑後題云泰寧三年歲在乙酉與今曆合則當時曆官不應至咸和而頓爾差失然則庚辰特書碑者誤爾治平元年六月二十九日書右真蹟

晋蘭亭修禊序永和九年　集本

右蘭亭修褉序世所傳本尤多而皆不同蓋唐數家所臨也其轉相傳模失真彌遠然時時猶有可喜處豈其筆法或得其一二邪想其真蹟宜如何也哉世言真本葬在昭陵唐末之亂昭陵爲温韜所發其所藏書畫皆剔取其裝軸金玉而棄之於是魏晋以来諸賢墨蹟遂復流落於人間太宗皇帝時購募所得集以爲十卷俾模傳之數以分賜近臣今公卿家所有法帖是也然獨蘭亭真本亡矣故不得列於法帖以傳今予所得皆人家舊所藏者雖筆畫不同聊並列之以見其各有所得至於真僞優劣覽者當自擇

焉其前本流俗所傳不記其所得其二得於殿中丞王廣淵其三得於故相王沂公家又有别本在定州民家二家各自有石較其本纖毫不異故不復録其四得於三司蔡給事君謨世所傳本不出乎此其或尚有所未傳更俟博采

范文度模本蘭亭序附

余嘗集録前世遺文數千篇因得悉覽諸賢筆蹟比不識書遂稍通其學然則人之於學其可不勉哉今老矣目昏手顫雖不能揮翰而開卷臨几便别精麤若范君所書在余集録實爲難得也竊幸覽之一作焉

爲之忘倦嘉祐七年夏五月二十八日廬陵歐陽脩書 右真蹟

書雖列於六藝非如百工之藝也蔡君謨以書名當世其稱范君者如此不爲誤矣滁山醉翁題 右真蹟

又

自唐末干戈之亂儒學文章掃地而盡宋興百年之間雄文碩儒比肩而出獨字學久而不振未能比蹤唐之一無此字人余每以爲恨今乃獲見范君筆法信乎時不乏人而患知之不博不然有於中必形於外若范君者筆迹不傳於世而獨傳其家蓋其潛光晦德

非止其書闕不傳也　右真蹟

又　與前跋相類，疑是稾本，今兩存之

白唐末兵戈之亂，儒學文章掃地而盡。聖宋興百餘年間，雄文碩學之士相繼不絶，文章之盛遂追三代之隆，獨字書之法寂寞不振，未能比蹤唐室。余每以爲恨。今逈獲見范君之書，信乎時不乏人，而患閒見之不博也。然若君之筆法宜傳於世，久闕于家，蓋其潛光晦伏，非獨其書之闕也。　右集本

晋樂毅論　永和四年

右晋樂毅論，石在故高紳學士家。紳死，家人初不知

惜好事者往往就閣或模傳其本其家遂秘藏之漸爲難得後其子弟以其石質錢於富人而富人家失火遂焚其石今無復有本矣益爲可惜也後有集本有此二字甚妙二字吾亡友聖俞書也論與文選所載時時不同考其文理此本爲是惜其不完也右真蹟

晉王獻之法帖 歲月未詳 真蹟

右王獻之法帖余嘗喜覽魏晉以來筆墨遺蹟而想前人之高致也所謂法帖者其事率皆弔哀候病敘睽離通訊問施於家人朋友之間不過數行而已蓋其初非用意而逸筆餘興淋漓揮灑或妍或醜百態

横生披卷發函爛然在目使人驟見驚絶徐而視之其意態此三字集本無愈無窮盡故使後世得之以爲奇翫而想見其人也至於高文大册何嘗用此而今人不然至或棄百事弊精疲力以學書爲事業用此終老而窮年者是真可咲也治平甲辰秋杜日書

又

獻之帖蓋唐人所臨其筆法類顔魯公更俟識者辨之右真蹟

晉賢法帖 真蹟

右晉賢法帖太宗皇帝萬機之餘留精翰墨嘗詔天

下購募鍾王真蹟集爲法帖十卷模刻以賜羣臣往時故相劉公沆在長沙以官法帖鏤版遂布於人間後有尚書郎潘師旦者又擇其尤妙者別爲卷第與劉氏本並行至余集録古文不敢輒以官本參入私集遂於師旦所傳又取其尤者散入録中俾夫啓帙披卷者時一得之把翫欣然所以忘勸也治平元年五月十日書

晉七賢帖

右晉七賢帖得之李丕緒少卿（真蹟無此二字）家丕緒多藏古書然不知此爲真否七子書蹟世罕傳故録之右

集本

宋文帝神道碑 歲月未詳

右宋文帝神道碑云太祖文皇帝之神道凡八大字而別無文辭惟以此爲表識爾古人刻碑一作碑刻正當如此而後世鐫刻功德爵里世繫惟恐不詳然自後漢以來門生故吏多相與立碑頌德矣余家集古所録三代以來鐘鼎彝盤銘刻備有至後漢以後始有碑文欲求前漢時碑碣卒不可得是則冢墓碑自後漢以來始有也此碑無文疑非宋世立蓋自漢以來碑文務載世德宋氏子孫未必能超然獨見復古簡

質又南朝士人氣尚卑弱字書工者率以纖勁清媚爲佳未有偉然巨筆如此者益疑後世所書按宋書文帝爲元兇劭所弑初謚曰景廟號中宗孝武立改謚曰文號太祖其墓曰長寧陵也右真蹟

宋宗慤母夫人墓誌歲月見本文

右宗慤母夫人墓誌不著書撰人名氏有誌無銘其後云謹牒子孫男女次第名位婚嫁如左蓋一時之制也按慤本傳與此誌歷官終始不同本傳云宋孝武即位以慤爲左衛將軍累遷豫州刺史監五州諸軍使討竟陵王誕入爲左衛將軍廢帝即位爲寧蠻

校尉雍州刺史卒此誌乃大明六年作誌云爲右衛將軍監交廣二州湘州之始興冠軍將軍平越中郎將廣州刺史始遷豫州監五州軍事又爲散騎常侍左衛將軍領太子中庶子荆州大中正而傳皆略之也懿南陽涅陽人而此誌云涅陽縣都鄉安衆里人又云窆於秣陵縣都鄉石泉里都鄉之制前史不載

右集本

齊鎮國大銘像碑天統三年　集本

右齊鎮國大銘像碑銘像文辭固無足取所以録之者欲知愚民當夷狄亂華之際事佛尤篤爾其字畫

頗異雖爲訛繆亦其傳習時有與今不同者其録之亦以此也

南齊海陵王墓銘 歲月未詳

右南齊海陵王墓銘長兼中書侍郎謝朓撰海陵王昭文者文惠太子次子也初明帝鸞既廢鬱林王昭業而立昭文又廢爲海陵王而殺之遂自立按謝朓傳朓當海陵王時爲驃騎諮議領記室又掌中書郎後遷尚書吏部郎此誌題云長兼中書侍郎而據傳朓未嘗爲中書侍郎史之闕也按南齊書劉悛爲長兼侍中後魏臨淮王彧爲長兼御史中尉南北史多

有此名蓋集本有長兼者三字當時兼官之稱如唐檢校官之類也嘉祐八年九月十七日書右真蹟

梁智藏法師碑普通三年　真蹟

右梁智藏法師碑梁湘東王蕭繹撰銘新安太守蕭幾作叙尚書殿中郎蕭挹書世號三蕭碑法師者姓顧氏幾挹皆稱弟子哀世之弊遂至於斯余於集古録而不忍遽棄者以其字畫集本作書粗可佳捨其所短取其所長斯可矣嘉祐八年五月晦日書

陳張慧湛墓誌銘貞觀二十三年立

右陳張慧湛墓誌銘不著書撰人名氏陳隋之間字

書之法極於精妙而文章頹壞至於鄙俚豈其時俗弊薄士遺其本而逐其末乎予家集録所見頗多自開皇仁壽而後至唐高宗已前碑碣所刻往往不减歐虞而多不著名氏如鉗耳君清德頌或有名而其人不顯如丁道護之類不可勝數也慧湛陳人至唐太宗時始歿葬爾其銘刻字畫遒勁有法翫之忘勌惜乎不知爲何人書也治平元年四月晦日書右真蹟

陳浮屠智永書千字文歲月未詳

右千字文今流俗多傳此本爲浮屠智永書考其字畫時時有筆法不類者雜於其間疑其石有亡缺後

人妄補足之，雖識者覽之可以自擇，然終汩其真，遂去其二百六十五字。其文既無所取，而世復多有，所佳者字爾，故輒去其僞者，不以文不足爲嫌也。蔡君謨今世知書者，猶云未能盡去也。嘉祐八年十月十八日書。右真蹟

又

梁書言武帝得王羲之所書千字，命周興嗣以韻次之。今官集本作觀。法帖有漢章帝所書百餘字，其言有「海鹹河淡」之類，蓋前世學書者多爲此語，不獨始於羲之也。右真蹟

大代修華嶽廟碑 歲月見本文

右大代修華嶽廟碑按魏書文成帝興光二年三月已亥改元爲太安故魏書興光無二年而此碑云集本有興光二字二年三月甲午立者蓋立碑後六日始改元也其曰闡皇風於五葉者自道武明元太武至於文成纔四世爾太武之弑南安王余立不踰年亦被弑不得成君集本無此十九字而景穆太子文成父也追尊爲帝立廟稱宗故以爲世也魏自道武天興元年議定國號羣臣欲稱代而道武不許乃仍稱魏自是之後無改國稱代之事今魏碑數數有之碑石當時所刻

不應妄但史失其事爾由是言之史家闕繆可勝道哉然予於史家非長故書之以待博學君子也嘉祐八年歲在癸卯七月三十日書昔在滁號醉翁晚又更號六一居士

右真蹟

又

按魏書文成帝興光二年三月己亥改元太安而此碑書二年三月甲午立蓋立碑後六日乃改元故碑猶得稱二年也其曰闡皇風於五葉者自道武明元太武至於文成纔四世爾太武之弑南安王余立不踰年亦被弑不得成君爲一世而景穆太子文成父

也追尊爲帝立廟稱恭宗故以爲世也魏自道武天興元年議定國號羣臣欲稱代而道武不許乃稱魏自是之後無改國稱代之事今魏碑數數有之碑石當時所刻不應妄誤但史失其事爾由是言之史家闕繆多矣 右真蹟

後魏孝文北巡碑 歲月見本文

右魏孝文北巡碑云太和二十一年修省方之典北臨舊京又云涉西河出平陽斜順唐達指遊咸欒路邇龍門遂紆雕軒按後魏本紀是歲正月乙巳北巡二月次太原至平城四月幸龍門以太牢祭夏禹遂

幸長安汎渭浮河逕東歸與此碑所書皆合也碑無題首故依本紀爲北巡碑也治平元年三月廿二日書　右真蹟

後魏定鼎碑　歲月見本文

右魏定鼎碑景明三年建在今懷州流俗謂之定鼎碑也景明魏宣武年號也碑云定鼎遷中之十年按魏孝文以太和十七年遷都洛陽至此景明三年蓋十年矣　右集本

後魏石門銘　歲月見本文

右魏石門銘云此門蓋漢永平中所穿自晉氏南遷

斯路廢矣皇魏正始元年漢中獻地褒斜遂開假節
龍驤將軍梁秦二州刺史羊祠開創舊路詔遣左校
令賈三德共成其事起四年十月訖永平二年正月
畢功其餘文字尚完而其大略如此石門在漢中所
謂漢永平中所穿者乃明帝時司隸校尉楊厥所開
也厥自有碑述其事甚詳正始永平皆後魏宣武年
號也治平元年五月十日書右真蹟

後魏神龜造碑像記歲月見本文

右神龜造碑像記魏神龜三年立余所集録自隋以
前碑誌皆未嘗輒棄者以其時集本無此字有所取於其

間也然患其文辭鄙淺又多言浮屠然獨其（集本作以）字畫往往工妙惟後魏北齊差劣而又字法多異不知其何從而得之遂與諸家相夾亦意其夷狄昧於學問而所傳訛繆爾然録之以資廣覽也此碑字畫時時遒勁尤可佳也神龜孝明年號按魏書（集本有神龜二字）三年七月辛卯改元正光而此碑是月十五日立不知辛卯是其月何日也當俟治曆者推之嘉祐八年七月十一日書（右集本）

東魏任城王造浮圖記（歲月見本文）

右任城王造浮圖記不著其名云武定四年建武定

東魏孝靜年號也按後魏書景穆皇帝子雲雲子澄集本有子相襲爲任城王其後國絶不封其去孝靜彝二字時差遠不知武定四年王任城者爲誰也治平元年八月八日書右真蹟

東魏造石像記歲月見本文

右東魏造石像記其碑云大魏武定七年歲次己巳武定孝靜年號也今世所行曆譜惟龔穎運曆圖與今亳州宋退相紀年通譜爲最詳而以穎所書推之武定七年歲當己巳與此碑合而武定止於八年是歲庚午東魏滅其事與東魏北齊書亦合而通譜以

七年爲戊辰八年爲己巳又有九年爲庚午而東魏滅按孝静以後魏大統十六年滅是歲庚午則知宋公所記甲子不繆惟武定不當有九年而七年不得爲戊辰此其失爾蓋孝静始即位改元天平盡四年而五年正月改爲元象今通譜天平止於三年以四年爲元象盡自元象以後遞差一年故以武定七年爲戊辰也苟不見斯碑則運曆圖與通譜二家得失其何以決右集本

魏九級塔像銘歲月見本文　真蹟

右魏九級塔像銘不見書撰人名氏蓋北齊時人所

作也其年號見於文者三曰真君九年者後魏太武號也又曰武定四年者東魏孝靜號也又曰天保三年者北齊文宣號也按高洋以後周大統十六年受東魏禪是歲庚午改元天保三年壬申此碑云歲在涒灘是矣碑文淺陋蓋鄙俚之人所爲惟其字畫多異往往奇怪故録之以備廣覽（集本有云字）治平元年三月廿三日書

北齊常山義七級碑（歲月見本文）

右不著書撰人名氏文爲聲偶頗奇怪而字畫亦佳往往有古法碑云常山太守六州大都督儀同三司

綦連公以天保九年造浮圖天保齊文宣年號也北齊書有綦連猛而不爲常山太守都督儀同等官不知此所謂綦連公者何人也嘉祐八年九月二十日書

右真蹟

又

右常山義七級碑不著書撰人名氏文辭聲偶而甚怪書字頗有古法其碑首題云慕容義同趙常山石氏諸邑義七級之碑其文云常山太守六州大都督儀同三司綦連公以天保九年爲國敬造七級浮圖一區至天統中使持節都督瓜州諸軍事驃騎大將

軍儀同三司瓜州刺史常山太守六州大都督潁陽縣開國子樂平縣開國男慕容樂及散騎常侍郎驃騎大將軍前給事黄門侍郎鄯州大中正食新市縣幹新除常山太守麴顯貴與功曹石子和等增成之蓋北齊時碑也蔡連公不見其名北齊有蔡連猛不爲常山太守不知此何人而慕容樂官兼刺史太守並封兩縣不可詳也食縣幹入官銜蓋當時之制亦不可詳也義者衆成之名猶若今謂義井之類也右集本

永樂十六角題附出

右永樂十六角題名不著年月列名人甚多皆無顯者莫可考究不知爲何時碑其字畫頗怪而不精似是東魏北齊人所書十六角者庸俗所造佛塔其後又書云造十六角鎮國大浮圖則知爲塔矣其謂之十六角只見此碑而後魏時又有常山義七級碑蓋當時俚俗語類皆如此治平元年八月八日書 右真蹟

魯孔子廟碑 附出 興和三年

右魯孔子廟碑後魏北齊時書多若此筆畫不甚佳然亦不俗而往往相類疑其一時所尚 集本作傳 當自有法又其點畫多異故録之以備廣覽 右真蹟

北齊石浮圖記 歲月見本文

右齊造石浮圖記云河清二年歲在癸未河清北齊高湛年號也碑文鄙俚而鐫刻訛繆時時字有完者筆畫清婉可喜故録之又其前列題名甚多而名特奇怪如馮戩郎馮貴買之類皆莫曉其義若名野义伽耶者蓋出於浮圖爾自胡夷亂華以來中國人名如此者多矣最後有馮黑太者予謂太亦音撻意隋末有劉黑闥吴黑闥皆以此爲名者太闥轉寫不同爾然隋去北齊不遠不知黑闥爲何等語也 右集本

後周大像碑 大象二年

右周大像碑宇文氏之事迹無足采者惟其字畫不俗亦有取焉翫物以忘憂者惟怪奇變態真僞相雜使覽者自擇則可以忘倦焉故余於集古所録者博矣嘉祐八年六月二日書右真蹟

集古録跋尾卷第四

魏受禪碑元第七十二

受禪此下一有壇字往返下一作反下同

魏公卿上尊號表元第七十三至七十四

鉅一作巨

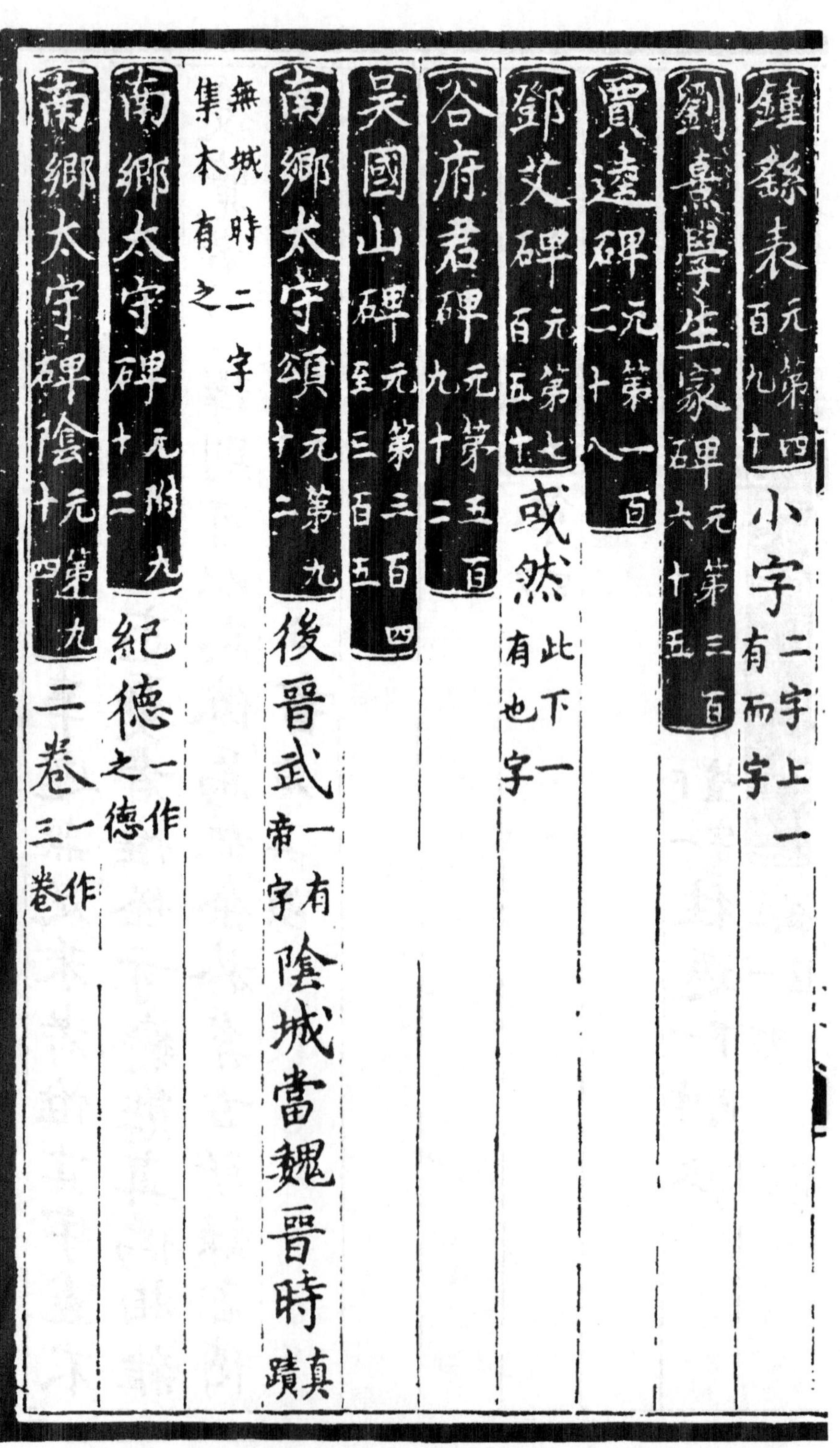

鍾繇表元第四百九十小字二字上一有而字

劉熹學生冢碑元第三百六十五

賈逵碑元第一百二十八

鄧艾碑元第七百五十七或然此下一有也字

谷府君碑元第五百九十二

吴國山碑元第三百四至三百五

南鄉太守頌元第九十二後晉武一有帝字陰城當魏晉時真蹟

無城時二字集本有之

南鄉太守碑元附九十二紀德一作之德

南鄉太守碑陰元第九十四二卷一作三卷

碑陰官屬何其多邪蓋通從吏而盡列之當時猶於其間以取士人故吏亦清修其勢然耳

右莆陽蔡君謨書今十年矣嘉祐八年九月二十七日一有此五十六字

陸喈碑元第一百三十七

蘭亭叙元第九百九十六

數家一作諸家嘉祐八年六一作八月十日一有此八字

范文度模本蘭亭叙 蔡君謨題跋附

右軍蘭亭叙著今世尚有墑本祕閣一本蘇才翁一本周越一本猶有氣象存焉今觀橅倣蓋得之

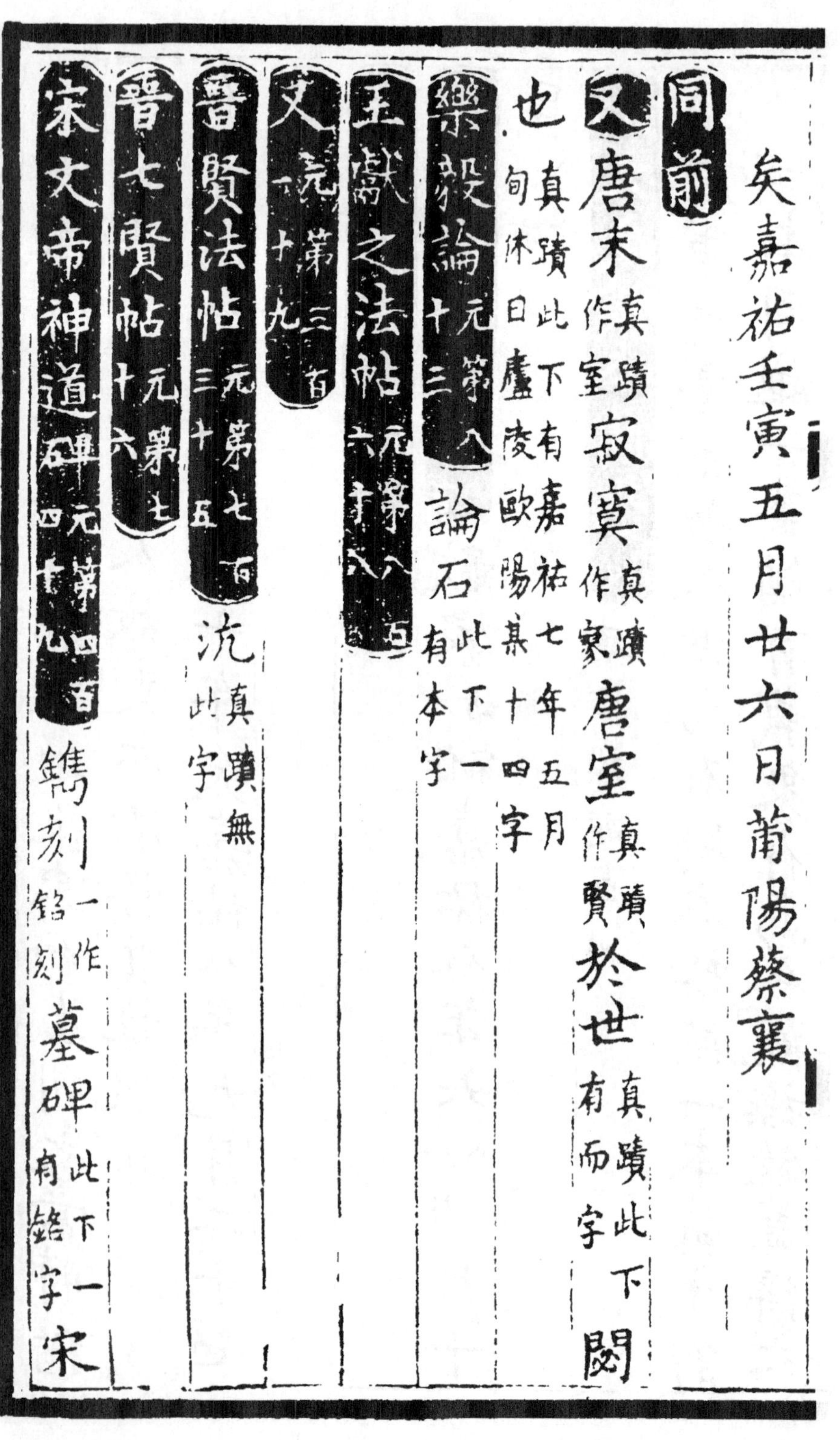

矣嘉祐壬寅五月廿六日莆陽蔡襄

同前

又唐末真蹟作室寂寞真蹟作家唐室真蹟作賢於世真蹟有而字此下闕也真蹟此下有嘉祐七年五月旬休日廬陵歐陽某十四字

樂毅論元第八十三論石此下一有本字

王獻之法帖元第八六十八五

又元第三百一十九

晉賢法帖元第七百三十五流真蹟無此字

晉七賢帖元第七十六

宋文帝神道碑元第四百四十九鐫刻一作銘刻墓碑此下一有銘字宋

世此下一有所字士人一作人士治平元年三月十六日書一有此十字

宋懿母墓誌元第一百五十三

齊鎮國大銘像碑元第一百二十

南齊海陵王墓銘元第八十五

右海陵王墓銘南齊謝眺撰海陵王者齊文惠太子之次子也名昭文初明帝鸞既廢鬱林王昭業而立昭文又廢爲海陵王而殺之鸞立是爲明帝按眺傳眺嘗海陵王時爲驃騎諮議領記室又掌中書部後遷尚書吏部郎此誌題云長兼中書侍郎臣謝眺立而傳不書眺爲侍郎也按齊書劉悛

爲長兼侍中魏臨淮王彧爲長兼御史中尉南北史多有蓋長兼似當時兼官之稱如唐檢校官也此與前本不同故兩存之

梁智藏法師碑元第六十二

余於一無於字可佳一作服所短一無所字

陳張慧湛墓誌銘元第六百一十三

智永書千字文元第四千六

大代修華嶽廟碑元第五百二十四

興光無一作無興光元也一作年

於史家一作學

後魏孝文北巡碑元第八十九

後魏定鼎碑元第[illegible]百九[illegible]

石門銘 元第七百八至七百九

神龜造碑像記 元第四百九

任城王造浮圖記 元第八百三十五

東魏造石像記 元第八百三十九

退相 一作丞相 後魏 此下一有永熙二年立在位十七年十字 大統 二字上一有至字 記甲子 一作紀首尾 以決 此下一有然後知余之集錄不為無益也治平元年閏五月九日書二十二字

九級塔像銘 元第四百七十七

常山義七級碑 元第十四

永樂十六角題 元第九百八十五

魯孔子廟碑 元第二百九十

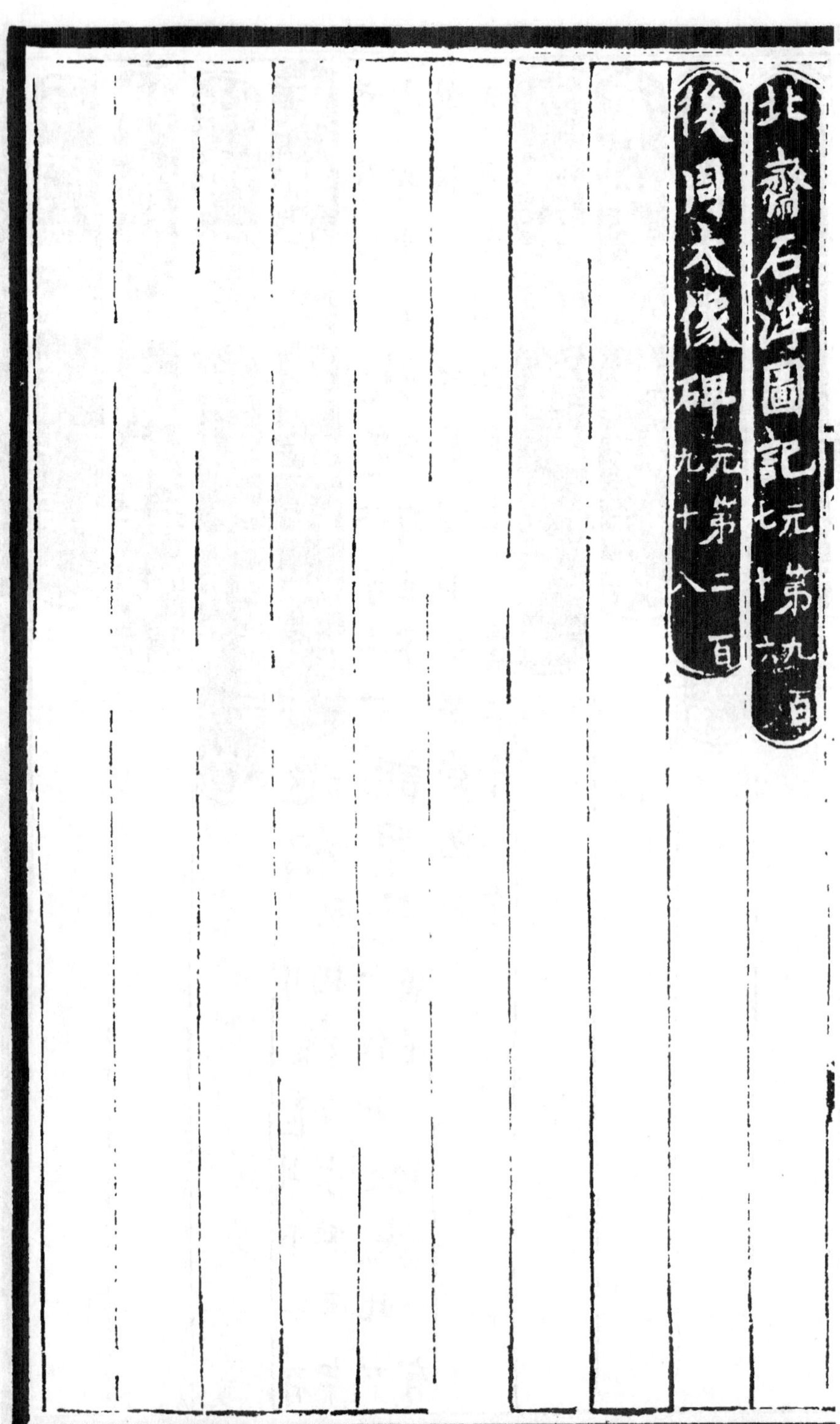
北齋石滹圖記元第九百七十六
後周太像碑元第二百九十八

集古録跋尾卷第五　歐陽文忠公集一百三十八

隋老子廟碑 開皇二年

右老子廟碑隋薛道衡撰道衡文體卑弱然名重當時余所取者特其字畫近古故録之唐人二字集本作其碑後所題唐人姓名字皆不俗亦可佳也 右真蹟

隋尒朱敞碑 開皇五年

右尒朱敞碑敞者榮從弟彥伯之子也按敞傳云字乾羅而此碑字天羅傳云爲金州總管而碑又爲徐州總管碑文雖残闕然斑斑尚可讀其述徐州事頗多事爲史家不取可也不書其官蓋闕繆也其字不

同亦當以碑爲是余於集録正前史之闕繆者多矣治平元年二月十六日書右真蹟

隋龍藏寺碑開皇六年

右齊開府長兼行參軍九門張公禮撰不著書人名氏字畫遒勁有歐虞之體隋開皇六年建在今鎮州碑云太師上柱國大威公之世子左威衛將軍上開府儀同三司使持節恒州諸軍事恒州刺史鄂國公金城王孝僊奉勑勸獎州人一萬共造此寺其述孝僊云世業重於金張器識逾於許郭然北齊周隋諸史不見其父子名氏不詳何人也右集本

又開皇六年

右隋龍藏寺碑齊張公禮撰龍藏集本無此二字寺已廢此碑今在常山府署之集本無此二字門書字頗佳第不見其人姓名爾碑以隋開皇六年立後題二字集本作而張公禮猶稱齊按周武帝建德六年虜齊幼主高常齊遂滅後四年隋建開皇之號至六年齊滅蓋集本有已字十年矣集本有不知二字公禮尚稱齊官集本無此字何也嘉祐八年九月廿九日書　右真蹟

隋太平寺碑　開皇九年

右太平寺碑不著書撰人名氏南北文章至於陳隋

其弊極矣。以唐太宗之致治，幾乎三王之盛，獨於文章不能少變其體，豈其積習之勢，其來也遠，非久而衆勝之則不可以驟革也。是以羣賢奮力，懇闢芟除，至於元和，然後蕪穢蕩平，嘉禾秀草爭出，而葩華美實爛然在目矣。此碑在隋尤爲文字淺陋者，疑其俚巷庸人所爲，然視其字畫，又非常俗所能，蓋當時流弊以爲文章止此爲佳矣。文辭既尔，無取，而浮圖固吾儕所貶（集本作鄙），所以録於此者，第不忍棄其書爾。治平元年三月十六日書。右真蹟

隋李康清德頌　開皇十一年

右李康清德頌不著書撰人名氏文爲聲偶而字畫奇古可愛康隴西狄道人也其碑首題云大隋冠軍將軍太中帥都督恒州九門縣令隴西李君清德之頌予在河北時遣人於廢九門縣城中得此碑字多訛闕其後題十一年歲在辛亥大將軍在酉二月癸丑朔十二日甲子建年上有二字訛闕不可識按隋書開皇十一年歲在辛亥其二字乃開皇也大將軍在酉之説出於陰陽家前史不載而此碑見之古集本

隋梁洋德政碑 開皇十一年

右隋梁洋德政碑在今蔡州新息隋開皇十一年行

參軍事四字集本作參軍裴玉與州人爲息州刺史梁洋建寶塔表德政碑按隋書志後周於新息置息州至大業中州廢也右眞蹟

隋韓擒虎碑開皇十五年

右韓擒虎碑不著書撰人名氏而以隋高祖爲今上乃隋人所撰碑文屢言虎字獨於名下去之若避唐諱此不可知也今以碑文考隋書列傳其家世官勳大略多同惟其在齊爲河長防主大都督車騎大將軍開府儀同三司白超防主轉洪超防主傳皆無之又遷和州刺史而傳爲利州皆史官之闕誤當以碑

爲是而傳載闍羅王事甚怪而碑無之使其實有碑不宜集本作應不書以此見史家之妄也治平元年六月十日書右眞蹟

隋陳茂碑開皇十八年

右陳茂碑不著書撰人名氏而字畫精勁可喜隋書列傳載茂事尤多闕繆傳云高祖爲隋國公引爲寮佐及受禪拜給事黄門侍郎在官十餘年轉益州總管司馬遷太府卿後數載卒而碑歷敍爲高祖寮佐時官傳雖不書可也其自爲黄門侍郎後又爲行軍元帥長孫覽司馬又爲蜀王府長史太僕卿判黄門

侍郎上開府儀同三司梁州刺史等官史氏皆不書蓋其闕也又據碑茂爲蜀王長史而傳爲益州總管司馬碑爲太僕卿而傳云太府皆史家之繆也碑云茂字延茂史亦闕治平甲辰秋社日書 右真蹟

隋蒙州普光寺碑 仁壽元年

右蒙州普光寺碑蒙州者漢南陽郡之育陽縣也應劭曰育水出弘農盧氏南入于沔故後人於育加水爲淯陽西魏置蒙州隋仁壽中改爲淯州又爲淯陽郡唐爲縣屬金州碑仁壽元年建猶曰蒙州既而遂改淯州矣碑無書撰人名氏而筆畫遒美翫之亡 集本

作忘倦蓋開皇仁壽以來碑碣字書多妙而往往不著名氏惟丁道護所書常自著之然碑石在者尤少余每與蔡君謨惜之自大業已後率更與虞世南書始盛既接於唐遂大顯矣治平元年正月七日書右真蹟

隋丁道護啓法寺碑仁壽二年

此書兼後魏遺法與楊家本微異隋唐之交善書者衆皆出一法道護所得冣多楊本開皇六年去此十七年書當益老亦稍縱也甲辰治平初月十日莆陽蔡襄記

右啓法寺碑丁道護書蔡君謨博學君子也於書尤

稱精鑒余所藏書未有不更其品目者其謂道護所
書如此隋之晚年書學尤盛吾家率更與虞世南皆
當時人也後顯於唐遂為絕筆余所集録開皇仁壽
大業時碑頗多其筆畫率皆精勁而往往不著名氏
每執卷惘然為之歎息惟道護能自著之然碑刻在
者尤少余家集録千卷止有此尔有太學官楊褒者
喜收書畫獨得其所書興國寺碑是梁正明中人所
藏君謨所謂楊家本者是也欲求其本而不知碑所
在然不難得則不足為佳物古人亦云百不為多一
不為少者正謂此也治平元年立春後一日太廟齋

宫書右真蹟

隋鉗耳君清德頌大業六年

右不著書撰人名氏其碑首題云大隋恒山郡九門縣令鉗耳君清德之頌大業六年建字畫有非歐虞之學不能至也碑云君名文徹華陰朝邑人也本周王子晉之後避地西戎世爲君長因以地爲姓曾祖静仕魏爲馮翊太守祖朗成集二州刺史父康周荆安寧鄧四州總管别駕安陸龍門二郡守而前史皆不載碑在今廢九門縣中余爲河北轉運使時求得之右集本

隋廬山西林道場碑大業十三年

右廬山西林道場碑渤海公撰公爲隋太常博士時作不著書人名氏而字法老勁疑公之書也西林道場者僞趙將竺氏捨俗出家名曇現始居于此晉太和二年光禄卿陶範始爲現弟子慧永造寺而號西林按兩京記隋嘗更名佛寺爲道場此碑大業十三年建也頗魯公寓題碑陰百餘字尤奇偉今附于碑後右集本

又

右西林道場碑渤海公撰公在隋爲太常博士時作

不著書人名氏字畫遒勁世或以爲公自書公時年尚少又字法與公書不同不知何人書也按集本有韋述二字兩京記隋改佛寺爲道場此碑大業中建故謂之道場也 右眞蹟

唐孔子廟堂碑 武德九年

右孔子廟堂碑虞世南撰并書余爲童兒時嘗得此碑以學書當時刻畫完好後二十餘年復得斯本則殘缺如此二字集本作矣因感夫物之終斃雖金石之堅不能以自久於是始欲集録前世之遺文而藏之殆集本作逮令蓋十有八年而得千卷可謂富哉嘉祐八年九

月二十九日書右眞蹟

千文後虞世南書歲月未詳

右虞世南所書言不成文乃信筆偶然尔其字畫精妙平生所書碑刻多矣皆莫及也豈矜持與不用意便有優劣耶集本作也熙寧辛亥續右眞蹟

唐德州長壽寺舍利碑武德六年

右德州長壽寺舍利碑不著書撰人名氏碑武德中建而所述乃隋事也其事迹文辭皆無取獨録其書爾余屢歎文章至陳隋不勝其弊而怪唐家能臻致治之盛而不能遽革文弊以謂積習成俗難於驟變

及讀斯碑有云浮雲共嶺松張蓋明月與巖挂分叢廸知王勃云落霞與孤鶩齊飛秋水共長天一色當時士無賢愚以爲警絶豈非其餘習乎右集本

唐豳州昭仁寺碑貞觀三年

右昭仁寺碑在豳州唐太宗與薛舉戰處也唐自起義與群雄戰處後皆建佛寺云爲陣亡士薦福湯武之敗桀紂殺人固亦多矣而商周享國各集本作皆數百年其荷天之祐者以其心存大公爲民除害也唐之建寺外雖託爲戰亡之士其實自贖殺人之咎尒其撥亂開基有足壯者及區區於此不亦陋哉碑文朱

子奢撰而不著書人名氏字畫甚工此余所録也治平甲辰秋分後一日書　右真蹟

唐呂州普濟寺碑　貞觀二年　許敬宗撰

右呂州普濟寺碑呂州者霍邑也唐高祖義兵起太原始破宋老生於此義寧元年乃以霍邑趙城汾西靈石四縣置霍山郡武德元年更曰呂州太宗十七年遂廢也　右集本

唐衛國公李靖碑　顯慶三年當載于後　同是許敬宗撰附此

右李靖碑許敬宗撰唐初承陳隋文章衰弊之時作者務以浮巧爲工故多失其事實不若史傳爲詳惟

其官封頗備史云爲撫慰使而碑云安撫使其義無異而後世命官多襲古號蓋靖時未嘗有撫慰使也由是言之不可不正又靖爲刑部尚書時以本官行太子左衛率其封衛國公也授濮州刺史蓋太宗以功臣爲世襲刺史後雖不行皆史宜書集本有而不書者闕也六字其餘略之可也故聊志之治平元年三月二十二日書 右眞蹟

唐顔師古等慈寺碑 貞觀二年

右等慈寺碑顔師古撰其寺在鄭州汜水唐太宗破王世充竇建德乃於其戰處建寺云爲陣亡士薦福

唐初用兵破賊處多大抵皆造寺自古創業之君其英豪智略有非常人可及者矣至其卓然信道而知義則非積學誠明之士不能到也太宗英雄智識不世之主而牽惑習俗之弊猶崇信浮圖豈以其言浩博無窮而好盡物理爲可喜邪蓋自古文姦言以惑聽者雖聰明之主或不能免也惟其可喜乃能惑人故余於集本有其字本紀譏其牽於多愛者謂此也治平元年清明後一日書右真蹟

隋郎茂碑貞觀五年

右隋郎茂碑李百藥撰其弟潁亦有碑在今鎮府北

大墓林中余爲都轉運使時得之隋書列傳言茂卒於京師此碑云從幸江都而卒史氏之繆當以碑爲正右集本

又

碑在大墓林中余爲都運使時得之殆今蓋二十年矣嘉祐八年三月二十二日上御延和放進士許將等及第明日歇泊假閑閲遂書隋書列傳言茂卒于京師此碑云從幸江都而卒史氏之繆當以碑爲正焉右真蹟

唐郎穎碑貞觀五年

右唐郎穎碑，李百藥撰，宋才書，字畫甚偉。穎父名基字世業，而李百藥書穎世次，但云父世業；又書穎兄茂碑亦然。考其碑文有「皇基締搆」之言，則基字當時公私無所諱避，而於書世次四字集本作百藥書穎父字而不名，不詳其義也。是以君子貴乎博學。集本有穎事唐爲大理卿隋唐之時纂定律令蓋法吏也十九字嘉祐八年九月二十四日書。右真蹟

唐郎穎碑陰題名歲月未詳

右郎穎碑陰題名，柱國府僚佐三十二人，常山公府國官一百七人，合一百三十九人，爲一卷。柱國府長史、司馬、掾屬各一人，諮議、記室、司倉、司功、司戶、司兵

司鎧司法司田司士參軍事各一人又有參軍事五人行參軍十人典籤三人常山國官國令大農各一人常侍侍郎國尉各二人典衛六人舍人四人城局廟長學官各一人食官廄牧各四人典府長一人典府丞二人親事七十五人潁以正觀四年卒此蓋唐制也　右集本

唐九成宮醴泉銘　貞觀六年

右九成宮醴泉銘唐秘書監魏徵撰歐陽率更書九成宮即隋仁壽宮也太宗避暑於宮中而乏水以杖琢地得水而甘因名醴泉焉　右集本

唐歐陽率更臨帖 歲月未詳同是率更書附此

右率更臨帖吾家率更蘭臺世有清德其筆法精妙迺其餘事豈止士人模楷雖海外夷狄皆知爲貴而後裔所宜勉旃庶幾不殞其美也 右眞蹟

唐岑文本三龕記 貞觀十五年

右三龕記唐兼中書侍郎岑文本撰起居郎褚遂良書字畫尤奇偉在河南龍門山山夾伊水東西可愛俗謂其東曰香山其西曰龍門龍門山壁間鑿石爲佛像大小數百多後魏及唐時所造惟此三龕像最大乃魏王泰爲長孫皇后造也 右集本

唐孟法師碑貞觀十六年

右孟法師碑，唐岑文本撰，褚遂良書。法師名静素，江夏安陸人也。少而好道，誓志不嫁。隋文帝居之京師至德宫。至唐太宗十二年卒，年九十七。右集本

唐皇甫忠碑貞觀十四年

右皇甫忠碑，著作佐郎李儼撰。忠爲秦州龍門令，歲滿，縣民前左勳衛裴公隱等一千三百人申省請留八座，報云："公等請來遲晚，縣令今已替訖，好人堪用，縣國共須，豈一縣士庶獨懷悕慽一作惜，所請不允。"忠以唐太宗時爲令，當時臺省文字如此，可愛。秦州者

義寧元年以河中之汾陰龍門置治汾陰武德二年徙治龍門太宗十七年州廢今碑後列縣人姓名有録事鄉長鄉老里正縣博士助教佐史等今之縣吏惟録事里正其名在爾右集本

唐辨法師碑顯慶二年嘗載于後同是李儼撰附此

右辨法師碑李儼撰薛純陁書純陁唐太宗時人集本有也字其書有筆法其遒勁精悍不減吾家蘭臺意其當時必爲知名士而今世人無知者然其所書亦不傳於後世余家集録可謂博矣所得純陁書秖此而已如其所書必不止此而已也蓋其不幸堙沉泯滅

非余偶録得之則遂不見于世矣廼知士有負絶學高世之名而不幸不傳於後者可勝數哉可勝歎哉治平元年閏五月晦日書　右真蹟

唐孔穎達碑貞觀二十二年

右孔穎達碑于志寧撰其文磨滅然尚可讀今以其可見者質於唐書列傳傳所闕者不載穎達卒時年壽其與魏鄭公奉勑共修隋書亦不著又其字不同傳云字仲達碑云字沖遠碑字多殘缺惟其名字特完可以正傳之繆不疑以沖遠爲仲達以此知文字轉易失其真者何可勝數幸而因余集録所得以正

其詭舛者亦不爲少也乃知余家所藏非徒翫好而已其益豈不博哉集本無此六字治平元年端午日書右眞蹟

唐薛稷書貞觀永徽之間

薛稷書刻石者余家集録頗多與墨蹟互有不同唐世顔柳諸家刻石者字體時時不類謂由模刻人有工拙昨日見楊褒家所藏薛稷書君謨以爲不類信矣凡世人於事不可一槩有知而好者有好而不知者有不好而不知者有不好而能知者褒於書畫好而不知者也畫之爲物尤難識其精麤眞僞非一言可達得者各以其意披圖所賞未必是秉筆之意也

昔梅聖俞作詩，獨以吾爲知音，吾亦自謂舉世之人知梅詩者莫吾若也。吾嘗問渠最得意處，渠誦數句，皆非吾賞者。以此知披圖所賞，未必得秉筆之人本意也。右集本

唐益州學館廟堂記 永徽元年 顔有意書

高眹之名，於義不安，頗疑有意得於古碑之訛缺爾。存之以俟博學者。右集本

唐徐王元禮碑 咸亨三年

右徐王元禮碑，崔行功撰，趙仙客書。元禮，唐高祖子也。以碑考傳，年壽官閥悉同，而碑云使持節徐譙泗

三州諸軍事徐州刺史又云贈太尉使持節大都督冀相貝滄德　魏博等八州諸軍事冀州刺史傳云爲徐州都督又云贈冀州大都督傳既簡略又都無法而碑之所書亦失也蓋刺史非兼州之官都督非一州之號碑云持節徐譙泗三州諸軍而傳獨爲徐一州刺史此其失也當如前史持節秦涼州諸軍事秦涼二州刺史乃爲得尔其書贈官則如碑之書是矣蓋爲一州刺史而兼督八州軍（集本有州字）事尔都者有所兼總之名也此特小故而余區區辯之者前史失之久矣又國朝自削方鎮之權而節度使都督無

復兼州而舊名不除是節度都督自施於己此不可不正其失也治平甲辰中元日書 右真蹟

唐龍興宫碧落碑 咸亨元年

右碧落碑在絳州龍興宫宫有碧落尊像篆文刻其背故世傳爲碧落碑據李璿之以爲陳惟玉書李漢以爲黄公譔書莫知孰是洛中紀異云碑文成而未刻有二道士來 集本無此字 請刻之閉户三日不聞人聲人怪而破户有二白鴿飛去而篆刻宛然此説尤怪世多不信也碑文言有唐五十三祀龍集敦牂乃高宗總章三年歲在庚午也又云哀子李訓誼譔諶爲

妣妃造石像按唐書韓王元嘉有子訓誼譔而無諶又有幼子訥元嘉以則天垂拱四年見殺在總章三年（集本有立碑二字）後十八年（集本有史字）有子訥不足怪而不應無諶蓋史官之闕也嘉祐八年十月四日書（右真蹟）

唐智乘寺碑（咸亨四年）

右智乘寺禪院（集本有碑字）者唐鄭惠王所作也惠王名元懿高祖第十三子也有子十人列于碑後而第五子樂陵公闕其名按唐書宗室世繫表（集本作譜）樂陵公名球不知（集本有碑字）何爲獨闕也今唐書年表以嗣王敬爲璥樂平公珪爲樂安公新平公璲爲遂三者皆

史家之失，當以碑爲正。世繫譜牒歲久傳失，尤難考正，而碑碣皆當時所刻，理不得差。故集古所録於前人世次是正頗多也。治平元年清明前一日書。右真蹟

唐吴廣碑 總章二年

右吴廣碑，不著書撰人名氏，而字畫精勁可喜。廣字黑闥，唐初與程知節、秦叔寶等俱從太宗征伐，後與殺建成有功，至高宗時爲洪州都督以卒。然唐書不見其名氏，惟會要列陪葬昭陵人有洪州刺史吴黑闥，亦不知其名廣也。其名字事蹟幸見於後世者，以有斯碑也。碑字稍磨滅，世亦罕見，獨余集録得之，遂

以傳者以其筆畫之工也故余嘗爲蔡君謨言書雖學者之餘事而有助於金石之傳者以此也治平元年八月八日書 右真蹟

唐九門縣西浮圖碑 上元三年

右九門縣西浮圖碑唐應詔四科舉董行思文清河傳德節書題云九門縣合鄉城人等爲國建浮圖之碑浮圖在智矩寺中寺今亦廢碑上元三年建按唐有兩上元此碑云歲在丙子乃高宗上元三年也肅宗上元三年歲在壬寅爾 右集本

唐陶雲德政碑 永淳三年

右唐中州録事張義感撰雲字大舉河南伊闕人也高宗時爲恒州刺史碑永淳三年立予爲河北轉運使至真定府見碑仆在府門外半埋地中命工掘出立于廡下字爲行書筆蹟遒麗而不著書者姓名惜哉　右真蹟

隋汎愛寺碑大業五年　誤寘此

李伯樂集本作樂下同字僅存其下磨滅而書字猶可辨疑此碑伯樂自書字畫老勁可喜秋暑鬱然覽之可以忘勸治平丙午孟饗攝事齋宫書南譙醉翁六一居士　右真蹟

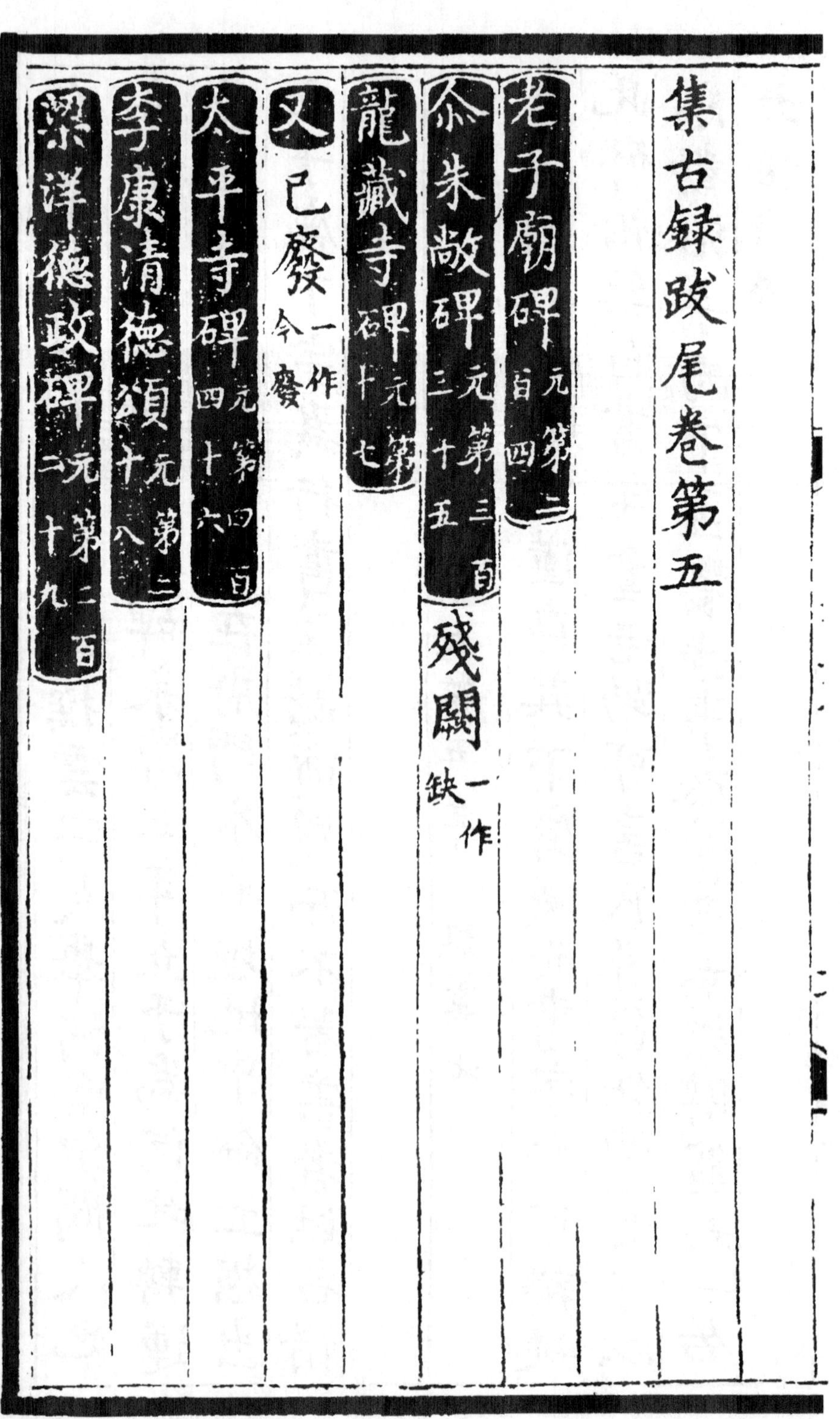

集古録跋尾卷第五

老子廟碑 元第二百四

尒朱敞碑 元第三百三十五

殘闕 一作缺

龍藏寺碑 元第十七

又 已廢 一作今廢

太平寺碑 元第四百四十六

李康清德頌 元第二十八

梁洋德政碑 元第二百二十九

韓擒虎碑（元第九百九十二）

陳茂碑（元第八百二）

普光寺碑（元第二百五十）

啓法寺碑（元第二百五十三）

鉗耳君清德頌（元第三十九）

西林道場碑（元第十五）

孔子廟堂碑（元第一）

虞世南書（元附四十六）

續（此下一有附字）

童兒（一作兒童）

長壽寺舍利碑（元第四百四十四）

治平元年三月十六日書

（一有此十字）致治（一作至治）

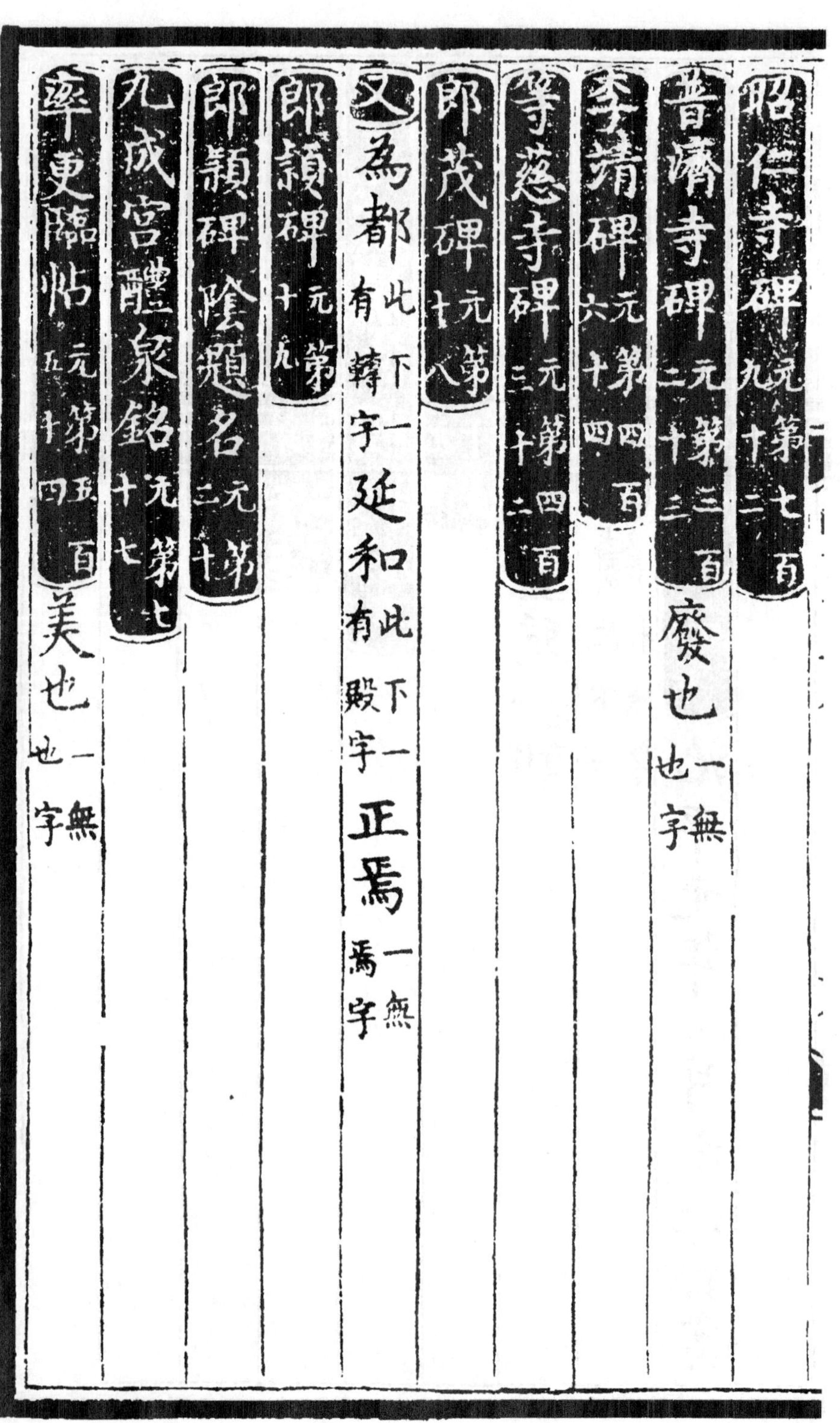

昭仁寺碑 元第七百九十二

普濟寺碑 元第三百二十三

廢也 一無也字

李靖碑 元第四百六十四

等慈寺碑 元第四百三十二

郎茂碑 元第十八

又

爲都 此下一有韓字

延和 此下一有殿字

正焉 一無焉字

郎頴碑 元第十九

郎穎碑陰題名 元第二十

九成宫醴泉銘 元第七十七

率更臨帖 元第五百五十四

美也 一無也字

三龕記元第三十四至三十五

孟法師碑元第三十六

皇甫忠碑元第六百三十五

治平元年五月二日書一有此九字

佐郎一無佐字縣國一作國家爲令一作去縣

辨法師碑元第八百八十二

孔穎達碑元第六百七十二

薛稷書元無卷第

有不好而不知者有不好而能知者一作有不好而知者有不好而不能知者得者一作之

益州學館廟堂記元第一百二十二

徐王元禮碑元第九百三十九

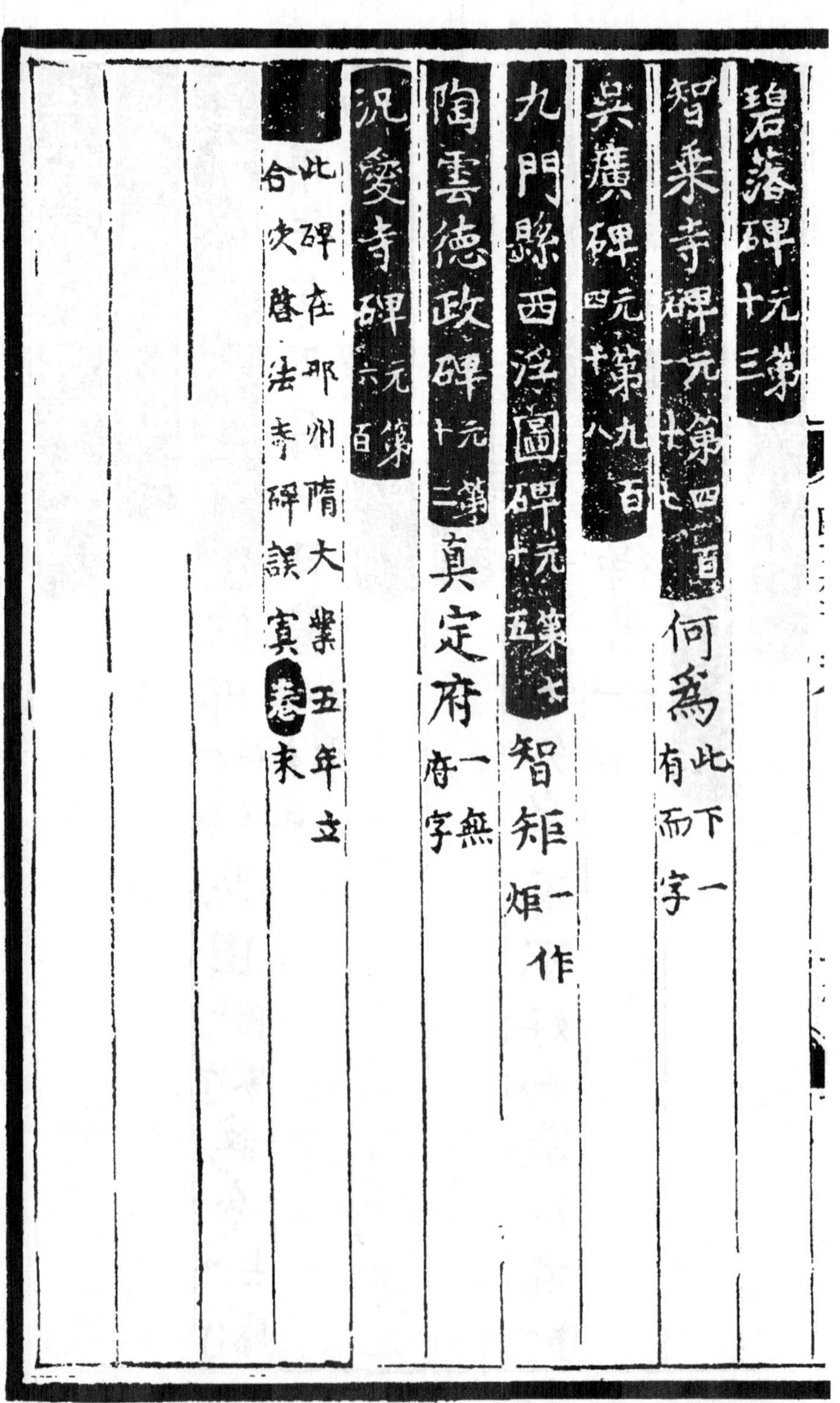

碧落碑元第十三

智乘寺碑元第四百一十七　何爲此下一有而字

吳廣碑元第九百四十八

九門縣西浮圖碑元第七十五　智矩一作炬

陶雲德政碑元第十二　真定府一無府字

況愛寺碑元第六百

此碑在邢州隋大業五年立合次啓法寺碑誤寘卷末

集古録跋尾卷第六　歐陽文忠公集一百三十九

唐八都壇實録　歲月見本文

右八都壇實録撰人名元質不見其姓又不著書人名氏其字畫亦可愛碑首題云大唐八都壇神君之實録其文云都望八山之始壇也此地名山封龍之類有八因壇立廟遂爲號焉封龍山在今鎮州其餘七山不見其名又云漢光和中有碑而今亡此碑垂拱三年立　右集本

唐魏載墓誌銘　歲月見本文

右魏載墓誌銘其序云祖徵謚曰文正父叔玉光禄

卿載以弘文生對策居甲授太常寺奉禮郎以疾謝職尋調懷州司兵參軍屬惟集本作維，下同揚詭道不戢斯焚譴及宗姻旋加此累以垂拱三年終於嶺外春秋三十有二所謂惟揚詭道者乃徐敬業起兵於揚州誅武后不克也時敬業以前盩厔尉魏思温爲軍師集本作帥所謂譴及宗姻者疑敬業敗載坐思温竄死嶺南耳今據新唐書宰相世繫表鄭公諸房都無思温及載而叔玉但著一子膺爲秘書丞豈載以官卑臥死無後而歿不見耶載死不幸而家譜不録史官不書八字集本作家譜史官不録非事載斯誌而誌録於余其遂泯

滅於無聞乎治平元年四月廿三日書右眞蹟

唐乙速孤神慶碑載初元年

右乙速孤神慶碑，弘文館學士苗神客撰。神慶唐初仕三衛，高宗時爲太子右虞候副率以卒。乙速孤氏在唐無顯人，惟以其姓見於當時者，神慶一人而已。元和姓纂但云代人，隨魏南徙而已，其叙神慶世次又多闕繆，而此碑所載頗詳，云其先王氏，太原人，有闕文代祖顯爲後魏驃騎大將軍，賜姓乙速孤氏，遂爲京兆醴泉人。曾祖貴，隋河州刺史、和仁郡公。祖安，隋益州都督。父晟，唐驃騎將軍。乙速孤氏世無可稱而

其姓出夷狄莫究其詳惟見於此碑者可以補姓纂之略以備考求故特録之右集本

唐薛仁貴碑天寶二年

右薛仁貴碑苗神客撰云公諱禮字仁貴河東汾陰人也唐書列傳云仁貴絳州龍門人又不云名禮令家集録薛氏碑尤多據仁貴子楚玉碑亦云父仁貴爾仁貴爲唐名將當時甚顯著往往見於他書未嘗有云薛禮者仁貴本田家子奮身行陣其僅知姓名爾其曰名禮字仁貴者疑後世文士或其子孫爲增之也列傳又載仁貴降九姓事云軍中爲之歌曰將

軍三箭定天山戰士長歌入漢關仁貴卒於永淳中碑以天寶中建不載漢關之歌不應遺略疑時未有此歌五字集本作當時無此歌亦爲後人所增爾治平元年端午日書右眞蹟

唐尹氏闕文歲月見本文

右尹氏闕文在襄州題云唐孝子尹仁恕闕萬歲通天二年旌表萬歲通天則天之年號也可謂昬亂之世矣然尹氏猶見旌表孔子以謂忠信可行於蠻貊信矣孝悌見尊於昬亂也

唐尹孝子旌表文歲月闕

唐之致治之意深矣嗚呼不得而見矣此碑尤可惜也右集本

唐孝子張常洧旌表碣貞觀五年誤雕在此

右唐孝子張常洧旌表碣文字磨滅僅可見其髣髴蓋孝悌之爲名人之所甚慕而旌表非爲一世勸也故特録之者惜其將遂不見於後世也其文辭筆畫亦自可佳然不專取乎此也右集本

唐渭南令李君碑聖曆元年

右鴻州渭南縣令李君清德碑馬吉甫撰按唐書則天天授二年析雍州之渭南慶山置鴻門縣遂以慶

山鴻門渭南高陵櫟陽置鴻州大足二年廢治平二年正月十四日書右眞蹟

同前

右渭南令李君碑其首題云大周鴻州渭南縣按新唐書則天天授二年析雍州之渭南慶山置鴻門縣遂以渭南慶山鴻門高陵以置鴻州大足二年州廢矣右集本

唐流杯亭侍宴詩歲月見本文

右流杯亭侍宴詩者唐武后久視元年幸臨汝湯留宴羣臣應制詩也李嶠序殷仲容書開元十年汝水

壞亭碑遂沉廢至正元中刺史陸長源以爲嶠之文仲容之書絶代之寶也乃復立碑造亭又自爲記刻其碑陰武氏亂唐毒流天下其遺蹟宜爲唐人所棄而長源當時號稱賢者乃獨區區於此何哉然余今又録之蓋亦以仲容之書可惜是以君子患乎多愛

右真蹟

同前

右流杯亭侍宴詩者唐武后久視元年幸汝州温湯群臣應制詩也李嶠序殷仲容書開元中汝水壞其碑亭碑亦沉没貞元中陸長源爲刺史以爲嶠序仲

容書絶代之寳也乃爲之造亭立碑自記其事於碑陰武氏亂唐毒流天下其遺跡宜爲唐人所棄而長源當時賢者區區於此何哉然余今又録之者特以仲容書尔是以君子患手多愛右集本

唐司刑寺大脚跡敕長安二年

右司刑寺大脚跡并碑銘二閽朝隱撰附詩曰匪手攜之言示之事蓋諭昏愚者不可以理曉而决疑惑者難用空言雖示之已驗之事猶懼其不信也此自古聖賢以爲難語曰中人以下不可以語上者聖人非棄之也以其語之難也佛爲中國大患非止中人

以下聰明之智一有惑焉有不能解者矣方武氏之時毒被天下而刑獄慘烈不可勝言而彼佛者遂見光蹟於其間果何爲哉自古君臣事佛未有如武氏之時盛也視朝隱等碑銘可見矣然禍及生民毒流王室亦未有若斯之甚也碑銘文辭不足録録之者所以有（集本無此字）警也俾覽者知無佛之世詩書雅頌之聲斯民蒙福者如彼有佛之盛其金石文章與其人之被禍者如此可以少思焉嘉祐八年重陽後一日書 右眞蹟

唐韓覃幽林思 武后時

右幽林思廬山林藪人韓覃撰余爲西京留守推官時因遊嵩山得此詩愛其辭翰皆不俗後十餘年始集古金石之文發篋得之不勝其喜余在洛陽凡再登嵩嶽其始往也與（集本作以）梅聖俞楊子聰俱其再往也與謝希深尹師魯王幾道楊子聰俱當發篋見此詩以入集時謝希深楊子聰已死其後師魯幾道聖俞相繼皆死蓋遊嵩在天聖十年是歲改元明道余時年二十六距今嘉祐八年蓋三十一年矣遊嵩六人獨余在尓感物追往不勝（二字集本作可爲）愴然六月旬休日書（右眞蹟）

唐武盡禮寧照寺鍾銘 景龍三年

右武盡禮筆法精勁當時宜自名家而唐人未有稱之見於文字者豈其工書如盡禮者往往皆是特今人罕及尒余每得唐人書未嘗不嘆今人之廢學也

右真蹟

唐韋維善政論 先天元年

右韋維善政論著作郎楊齊哲撰維先天中爲坊州刺史齊哲所撰其實德政碑也特異其名爾余嘗患文士不能有所發明以警未悟而好爲新奇以自異欲以怪而取名如元結之徒是也至於樊宗師遂不

勝其弊矣如齊哲之文初無高致第易碑銘爲論贊爾右集本

唐令長新戒開元中

右令長新戒唐開元之治盛矣玄宗嘗自擇縣令一百六十三人賜以丁寧之戒其後天下爲縣者皆以新戒刻石今猶有存者余之所得者六世人皆忽不以爲貴也玄宗自除内難遂致集本作至太平世徒以爲英豪之主然不知其興治之勤用心如此可謂爲政知本末矣然鮮克有終明智所不免惜哉新戒凡六其一河内其二虞城其三不知所得之處其四汜水

其五穰其六舞陽嘉祐八年六月十日書右真蹟

唐華陽頌天寶九年

右華陽頌唐玄宗詔附玄宗尊號曰聖文神武皇帝可謂盛矣而其自稱曰上清弟子者何其陋哉方其肆情奢淫以極富貴之樂蓋窮天下之力不足以贍其欲使神僊道家之事爲不無亦非其所可冀矧其實無可得哉甚矣佛老之爲世惑也佛之徒曰無生者是畏死之論也老之徒曰不死者是貪生之説也彼其所以貪畏之意篤則棄萬事絶人理而爲之然而終於無所得者何哉死生天地之常理畏者不可

以苟免貪者不可以苟得也惟積習之久者成其邪安之心佛之徒有臨死而不懼者安意乎無生之可樂而以其所樂勝其所可畏也老之徒有死者則相與諱之曰彼超去矣彼解化矣學白誣而託之不可詰或曰彼術未至故死爾前者苟以遂其非後者從而惑之以爲誠然也佛老二者同出於貪而所習則異然由必棄萬事絶人理而爲之其貪於彼者學則捨於此者果若玄宗者方溺於此而又慕於彼不勝其勞是真可笑也右集本

唐有道先生蔡公碑開元五年

右有道先生葉公碑李邕撰并書余集古所録李邕書頗多最後得此碑於蔡君謨君謨善論書爲余言邕之所書此爲最佳也右眞蹟

唐李邕嵩嶽寺碑開元二十七年

右嵩嶽寺碑唐淄州刺史李邕撰胡英書英之書世所重也其文云寺後魏孝明帝之離宫初名閑居寺仁壽二年改爲嵩嶽寺也右集本

唐李邕端州石室記開元十五年

右端州石室記唐李邕撰不著書人名氏考其筆蹟似張庭珪書疑庭珪所書也右集本

唐獨孤府君碑歲月闕

右獨孤府君碑李邕撰蕭誠書誠書世多有而此尤佳碑在峴山亭下余自夷陵徙乾德令嘗登峴山讀此碑碑爲四面而一面字完今人家所傳紙有一面而余所得有二面故其一面頗有訛缺也府君諱冊字伯謀河南人也其文不完故不見其終始右集本

同前歲月闕

右碑在峴山亭下余自夷陵徙乾德令嘗登峴山讀此碑碑爲四面而一面字完人家多有之而余所得蓋二面也故其一面頗有訛缺也蕭誠書世數數有

之而此尤佳也右真蹟

唐裴大智碑開元二十九年

右裴大智碑李邕撰蕭誠書誠以書知名當時今碑刻傳於世者頗少余集録所得纔數本爾以余之博采而得者止此故知其不多也然字畫筆法多不同疑模刻之有工拙惟此碑及獨孤册碑字體同而最佳册碑在襄陽而不完可惜也二碑皆李邕撰而誠書集本有焉字治平元年清明後一日書右真蹟

唐張嘉正碑開元二十六年

右張嘉正碑李邕撰蔡有鄰立書集本有挍字李絳論事

集言吐突承璀欲於安國寺爲憲宗立紀聖德碑乃先立碑建樓請學士撰文絳疏論以爲不可憲宗遽命以牛百頭拽碑倒蓋未撰文而先立碑建樓此碑有鄰又（三字集本作文）云立書亦應先立石矣今人立碑須鐫刻成文然後建立蓋今昔所爲不同各從其便爾

治平元年七月二十日書（右真蹟）

已上六碑皆李邕所撰不以歲月爲序

唐郭知運碑銘（開元十年）

右郭知運碑銘蘇頲撰其書知運子四人皆有次第曰英傑英奇英協英彥而張說亦爲（集本有郭字）知運撰碑其書知運子與頲（集本有此碑二字）正同而唐書知運傳

書其子二人而無英竒英協英彥但云二子英傑英乂而已十八字集本作英傑英乂而無英竒英協英彥而蘇張二碑又無英乂英竒等三子在唐不顯史家集本作官闕略尚或有之英乂嘗爲西川節度集本有使字其事甚著史官不應失集本作差其世家而集本有蘇張二字二公作銘在郭知運卒後不遠亦不應闕其子孫莫可究其孰失也姑志集本作誌之以俟知者嘉祐八年十月十八日書右真蹟

唐御史臺精舍記開元十一年

右御史臺精舍記崔湜撰梁昇卿書讀其文則湜於佛可爲[illegible]篤信者矣唐書列傳云桓彥範等當國畏武

三思使湜陰伺其姦而三思恩寵日盛湜反以彦範等計告之遂勸三思速殺彦範等以絶人望因薦其外兄周利正以害彦範等又云湜貶襄州刺史以譙王事當死賴劉幽求張説救護得免後爲宰相陷幽求嶺表諷周利正殺之不果又與太平公主逐張説其餘傾邪險惡不可勝紀世言佛之徒能以禍福怖小人使不爲惡又爲虚語矣以斯記之言驗湜所爲可知也故録之于此其碑首題名多知名士小字頗佳可愛也治平元年三月九日書右真蹟

唐西嶽大洞張尊師碑開元十四年

右西嶽大洞張尊師碑王延齡撰李慈書尊師名敬忠其事迹余無所取所録者以慈書爾慈之書體兼虞褚而遒麗可喜然不知爲何人以其書當時未必不見稱於世蓋唐人善書者多遂不得獨擅既又無他可稱遂至泯然於後世以余集録之博慈所書碑秖得此爾尤爲可惜也治平元年七月廿日書右真蹟

唐景陽井銘開元二十一年

右景陽樓下井銘不著撰人名氏述隋滅陳叔寶與張麗華等投井事其後有銘以爲集本作著戒又有唐江寧縣丞王震井記云井在興嚴寺其石檻銘有序稱

余者晉王廣也其文字皆磨滅僅可識其十一二叔寶事前集本無此字史書之甚詳不必見於此然錄之以見煬帝躬自滅陳目見叔寶事又嘗自銘以爲戒如此及身爲淫亂則又過之豈所謂下愚之不移者哉今其銘文隱隱尚可讀處有云前車已傾負乘將没者又可歎也嘉祐八年十二月二十六日書右真蹟

唐華嶽題名歲月見本文

右華嶽題名自唐開元二十三年訖後唐清泰二年實二百一年題名者五百集本有十字一人再題者又三十一人集本有錄爲十卷四字往往當時知名士也或兄弟同

遊或子姪並侍或寮屬將佐之咸在或山人處士之相携或奉使奔命有行役之勞或窮高望遠極登臨之適其富貴貧賤歡樂憂悲非惟人事百端而亦世變多故開元二十三年（集本有歲在二字）丙午（集本作子）是歲天子（集本有躬字）耕籍田肆大赦羣臣方頌太平請封禪蓋有唐極盛之時也清泰二年（集本有歲在二字）乙未廢帝篡立之明年也是歲石敬瑭以太原反召契丹入自鴈門廢帝自焚于洛陽而晉高祖入立蓋（二字集本作自太原）五代極亂之時也始終二百年間或治或亂或盛或衰而往者來者先者後者雖窮達壽夭參差不齊而斯

五百人者卒歸於共盡也其姓名歲月風霜剥裂亦或在或亡其存者獨五（集本作有）千仞之山石爾故特録其題刻每撫卷慨然何異臨長川而歎逝者也治平元年清明後一日書（右真蹟）

唐石臺道德經（歲月見本文）

右老子道德經唐玄宗注開元二十三年道門威儀司馬秀等請於兩京及天下應修官齋等州皆立石臺刋勒其經文御書其注皆諸王所書此本在懷州

右集本

唐羣臣請立道德經臺奏答（歲月見本文）

右羣臣請立道德經臺奏答并書注諸王列名附唐玄宗諸子三十人其一是爲肅宗其七不及得封而早夭唐書列傳所載二十二人以注經列名于此者十八人按集本有明皇既書道德經七字道士尹愔奏請懷州依京樣摹勒石臺乃開元二十五年也皇太子瑛以二十五年廢二十六年始立忠王璵爲皇太子二十七年始更名紹則當書注時不得有皇太子紹也信王珵義王玭豐王珙陳王珪涼王璿汴王璬皆以二十一年封當書注時皆年尚幼集本有疑字未能書而集本作又今經注字皆一體疑非諸王所書而後人追寓其名爾

舊唐書以信王珵爲瑝，濟王環爲壞，壽王瑁爲瑁。瑁名集本別字有見於武惠妃碑，爲瑁與此同，當爲瑁也。集本無也字，有不疑而三字此碑列名既可疑，則環、瑝二名未知孰是也。嘉祐八年癸卯九月十日書。右真蹟

唐陝州盧奐聽事讚開元二十四年

右盧奐聽事讚，唐玄宗撰并書。奐爲陝州刺史，玄宗行幸過陝州，書其聽壁而刻之。右集本

唐鶺鴒頌歲月闕

當皇祐至和之間，余在廣陵，有勑使黄元吉者以唐明皇自書鶺鴒頌本示余，把玩久之。後二十年，獲此

石本於國子博士楊褒又三年來守青州始知刻石在故相沂公宅熙寧三年五月二十八日書右集本

唐玄宗謁玄元廟詩歲月闕

右謁玄元廟詩唐玄宗撰并書余嘗見世有玄宗所書鶺鴒頌與此字法正同碑在北邙山上洛陽人謂之老君廟也右集本

唐裴光庭碑歲月見本文

右裴光庭碑張九齡撰玄宗御書按唐書列傳云光庭素與蕭嵩不平及卒博士孫琬希嵩意以其用循資格非獎勸之誼謚曰克平帝聞特賜謚曰忠憲今

碑及題額皆爲忠獻傳云撰搖（集本作嵩）山往則而碑云往記光庭以開元二十一年薨二十四年建此碑玄宗自書不應誤皆當以碑爲是（集本有也字）治平元年三月二十日書　右真蹟

唐萬回神迹記碑（開元二十五年）

右萬回（集本有神迹記三字）碑徐彦伯撰其事固已（集本作可）怪矣玄宗英偉之主彦伯當時名臣也而君臣相與尊寵稱述之如此欲使愚庸之人不信不惑其可得乎世傳道士駡老子云佛以神怪禍福恐動世人俾皆信嚮（集本有故僧佗得享豐饒七字）而爾徒（二字集本作喜佗子）高談清淨遂使

我曹寂寞此雖鄙語有足采也治平元年三月八日書 右真蹟

唐安公美政頌 開元二十九年

右安公美政頌房璘妻高氏書安公者名庭堅其事蹟非奇而文辭亦匪佳作惟其筆畫遒麗不類婦人所書余所 集本無此字 集録亦已博矣而婦人之筆 集本二字作筆畫 著於金石者高氏一人而已然余常與蔡君謨論書以謂書之盛莫盛於唐書之廢莫廢 集本作甚 於今余之所録如于頔高駢下至 集本有楷書手三字 陳游瓌等書皆有蓋 集本有唐之二字 武夫悍將暨楷書手輩字皆可愛

今文儒之盛其書屈指可數者無三四人非皆不能蓋忽不爲尒唐人書見於今而名不知於當時者如張師丘繆師愈之類蓋集本有又字不可勝數也非余録之則將遂泯然於後世矣余於集古不爲無益也夫治平元年正月十三日書右真蹟

唐石壁寺鐵彌勒像頌開元二十九年

右太原府交城縣石壁寺鐵彌勒像頌者集本有林諤撰三字參軍房璘妻高氏書余所集録古文自周秦以下訖于顯德凡爲千卷唐居其十七八其名臣顯達下至山林幽隱之士所書莫不皆有而婦人之書惟此高

氏一人爾然其所書刻石存于今者惟此頌與安公美政頌爾二碑筆畫字體遠不相類殆非一人之書疑模刻不同亦不應相遠如此又疑好事者寓名以爲奇也識者當爲辨之治平元年端午日書 右真蹟

唐郎官石記 歲月闕

右唐右司員外郎陳九言撰張旭書旭以草書知名此字真楷可愛記云自開元二十九年已後郎官姓名列于次而此本止其序爾 右集本

唐開元聖像碑 天寶元年

右開元聖像碑陳知温書唐開元之治盛矣至於天

實而溢焉方其盛時人主意氣之驕超然遂欲追真僊於雲表其夢寐恍忽（集本作惚）去有見焉者雖是非真僞難明於杳藹亦其注心於物精神會通（集本作通會）志苟至焉無不僕也唐書著（集本作紀）玄宗事至於神仙道家頗（集本作類）不詳悉而此碑所（集本無此字）載夢真容事最備故特録之以見其（集本作當時）君臣吁俞相與言語者止於如（集本無此字）此俾覽者得以迹其盛衰治亂（右真蹟）

唐大照禪師碑（歲月見本文）

右大照禪師碑唐吏部員外郎盧僎撰伊闕縣尉集賢院待制兼校理史惟則書碑天寶元年立唐世分

書名家者四人而已韓擇木李潮蔡有鄰及惟則也

右集本

唐舞陽侯祠堂碑 歲月見本文

右舞陽侯祠堂碑唐王利器撰史惟則八分徐浩篆額天寶二年縣令張紫陽修樊噲廟文及書篆皆可愛也 右集本

唐崔潭龜詩 天寶五年

右崔潭龜詩蔡有鄰書唐世以八分名家者四人韓擇木蔡有鄰李潮史惟則也韓史二家傳於世者多矣李潮僅有存者有鄰之書亦頗難得而小字尤佳

若石經藏讃崔潭龜詩與三代彝鼎銘何異右真蹟

唐興唐寺石經藏讃開元中

右興唐寺石經藏讃皆其作者自書而八分者數家惟蔡有鄰著其姓氏有鄰名重當世杜甫嘗稱之於詩其爲苑咸所書小字與三代器銘何異可謂名實相稱也余家集録有鄰書頗多皆不若此讃故尤寶之余初不識書因集古著録所閱既多遂稍識之然則人其可不勉彊於學也治平元年三月晦日書右真蹟

唐蔡有鄰盧舍那珉像碑開元十六年

右盧舍那珉像碑蔡有鄰書在定州唐世名能八分

者四家韓擇木史惟則世傳頗多而李潮及十七字集本作韓擇木等四家爲最而有鄭特爲難得慶曆中令昭文韓集本作相公在定州爲余得此本余所集録自非衆君子共成之不能若此之多也右真蹟

唐植柏頌天寶元年

唐世八分四家而已韓擇木史惟則之書見於世者頗多蔡有鄭甚難得而李潮僅有亦或作亦皆後人莫及也不惟筆法難工亦近時學者罕復專精如前輩也右集本

唐美原夫子廟碑天寶八年

右美原夫子廟碑，縣令王岳字山甫撰并書。碑不知在何縣，岳天寶時人，字畫奇怪，初無筆法，而老逸不羈，時有可愛，故不忍棄之，蓋書流之狂士也。文字之學，傳自三代以來，其體隨時變易，轉相祖習，遂以名家，亦烏有（集本有定字）法邪？至魏晉以後，漸分真草，而羲獻父子爲一時所尚，後世言書者非此二人（集本有則字）皆不爲法。其藝誠爲精絕，然謂必爲法則，初何所據？所謂（集本無此二字）天下孰知夫正法哉？岳書固自放於怪逸矣，聊存之以備傳覽。治平元年八月十一日書。（右真蹟）

唐鄭預注多心經（天寶九年）

右鄭預注多心經不著書人名氏疑預自書蓋開元天寶之間書體類此者數家如擣練石韓公井記洛祠志皆一體而皆不見名氏此經字體不減三記而注尤精勁蓋他處未嘗有故録之而不忍棄矧釋氏之書因字而見録者多矣余每著其所以録之意覽者可以察也治平元年夏至日大熱翫此以忘暑因書　右真蹟

集古録跋尾卷第六

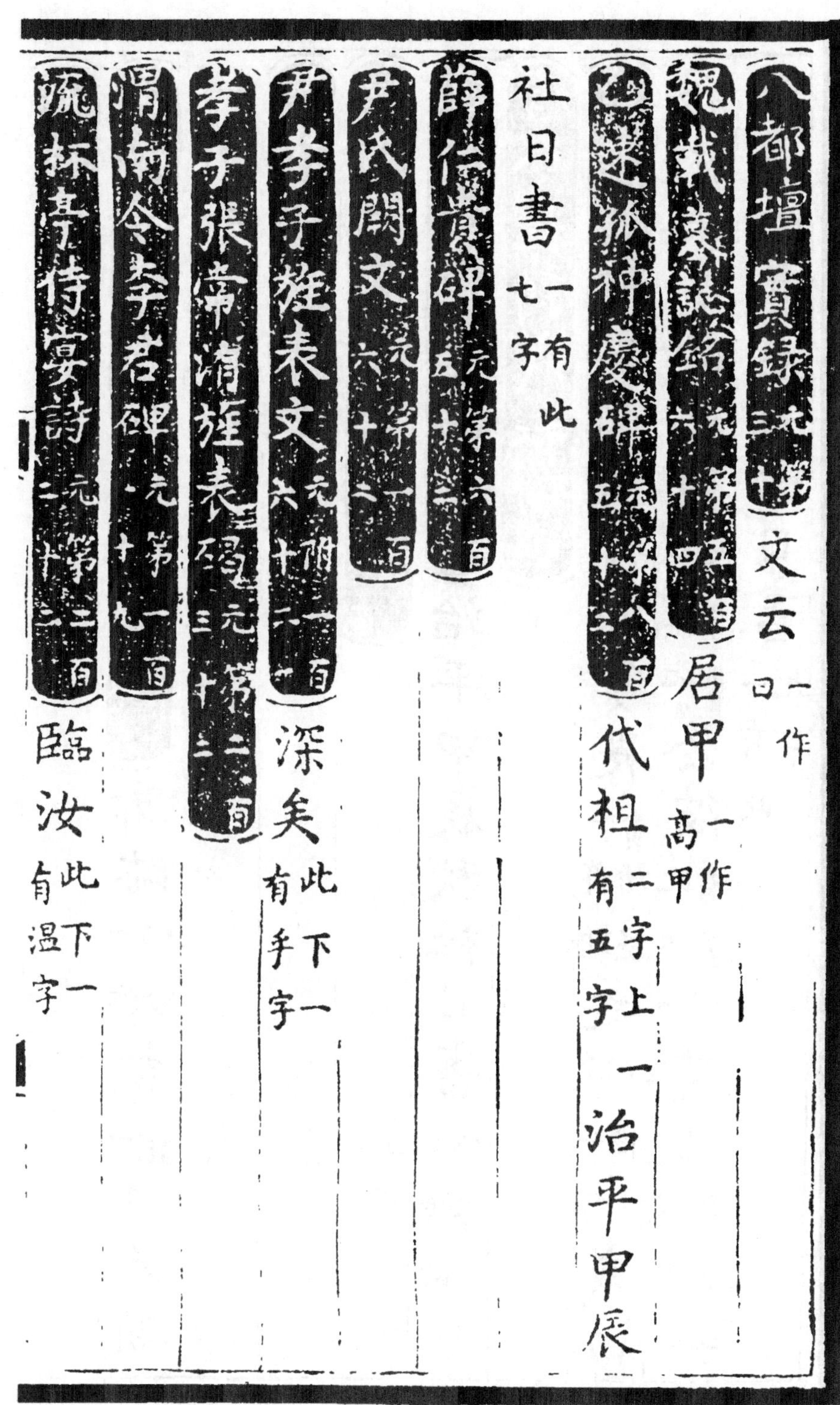

八都壇實録元第三十 文云一作曰

魏載墓誌銘元第五百六十四 居甲一作高甲

乙速孤神慶碑元第八百五十三 代祖二字上一有五字 治平甲辰

薛仁貴碑元第六百五十二

尹氏闕文元第一百六十二

社日書一有此七字

尹孝子旌表文元附一百六十一 深美此下一有手字

孝子張常洧旌表碣元第二百三十三

渭南令李君碑元第一百十九

流杯亭侍宴詩元第二百二十二 臨汝此下一有温字

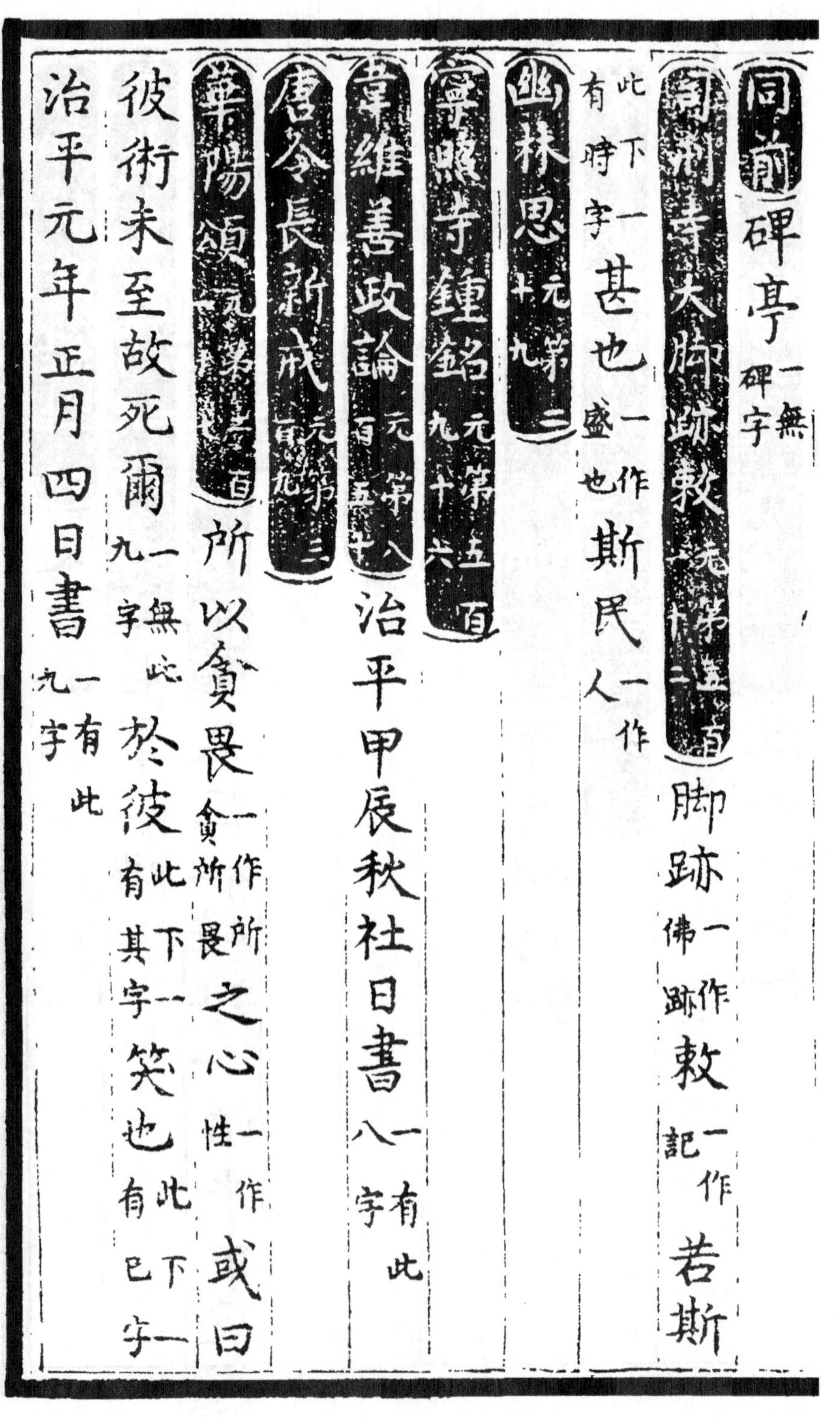

同前碑亭一無碑字

司刑寺大脚跡敕元第五百十二

脚跡一作佛跡敕一作記若斯此下一有時字甚也一作盛也斯民一作人

幽林思元第二十九

寧照寺鍾銘元第五百九十六

韋維善政論元第八百五十

治平甲辰秋社日書一有此八字

唐令長新戒元第三百九

華陽頌元第七百

所以貪畏一作所貪所畏之心一作性或曰彼術未至故死爾一無此九字於彼此下一有其字笑也此下一有已字

治平元年正月四日書一有此九字

有道先生葉公碑 元第二百四十二 爲最 一作最爲

蒿發寺碑 元第一百十七

端州石室記 元第四十四

獨孤府君碑 元第四十七 伯謀 一作仲謀

同前 鈌也 一無也字

裴夫智碑 元第四百三十五

張嘉正碑 元第六百五十二至六百二十三

郭知運碑 元第三十七 知者 此下一有注云英乂紀德碑云知運第七子也今碑與唐

書互見者五人尚闕其二

御史臺精舍記 元第三百七十三

張尊師碑元第六首七十

景陽井銘元第二首六皆磨一無皆字

華嶽題名元第四百二十一至四百三十

開元二十三年貞蹟誤作丙午集本改作丙子其實歲在乙亥其無歲月不可次第者別爲一卷第十跋後一有此十五字

石臺道德經元第二至七

唐群臣請立道德經臺奏荅元第十玭一作玭廬陵歐陽其家藏一有此七字

盧奐廳事讚元第九十五

鸚鵡頌元無卷第沂公二字上一有王字

唐玄宗謁玄元廟詩元祐第七

裴光庭碑元祐第百五十七

萬回碑元祐第三百七十八

安公美政頌元祐第二百五十二

師丘一作求

鐵彌勒像頌元祐第六百七十七

唐郎官石記元祐第九十八五百

開元聖像碑元祐第三百九十七

嘉祐八年歲在癸卯初伏日

書一有此十二字

大照禪師碑元祐第五十八

舞陽侯祠堂碑元祐第六十三

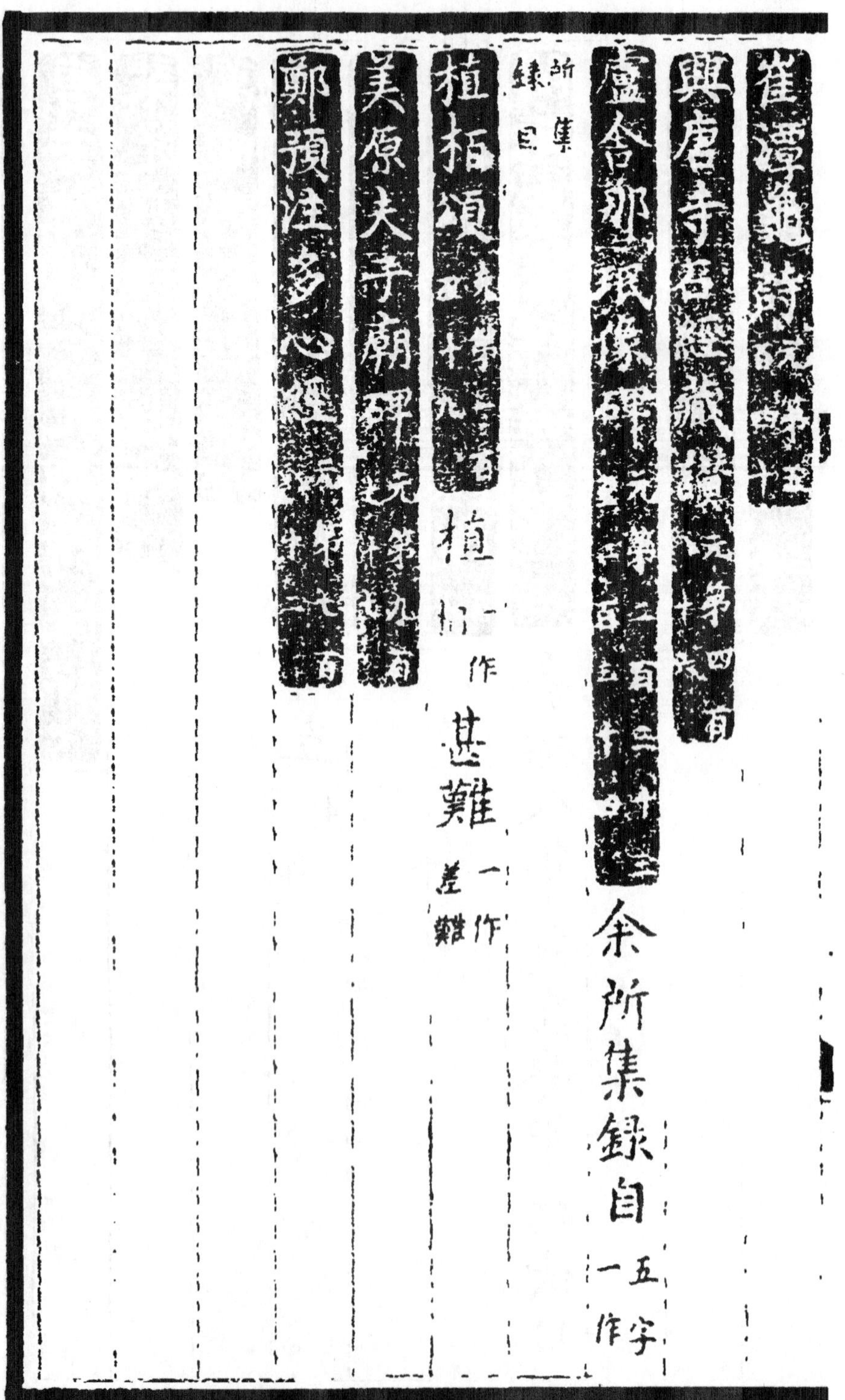

崔潭龜詩跋尾第[illegible]十

興唐寺石經藏讚跋尾第四百十六

盧舍那珉像碑跋尾第二百[illegible]十三[illegible]

余所集錄自一作五字

所集錄曰

植柏頌跋尾第二百十九

植一作植栢甚難一作差難

美原夫子廟碑跋尾第九百[illegible]

鄭預注多心經跋尾第七百[illegible]